［日］谷崎润一郎 著

郑民钦 译

少将滋干之母

中国出版集团

现代出版社

目录

少将滋干之母

一

　　故事源于那个赫赫有名的好色之徒平中。

　　《源氏物语》的《末摘花》卷结尾处这样写道："（若紫）有点慌了神，靠在他身边，用陆奥纸蘸些砚水壶里的水给他擦鼻子。源氏公子捉弄道：'别像平中那样，给我抹上别的颜色。'"这是说源氏公子故意在自己的鼻头抹上红颜色，装出怎么也擦不掉的样子。当时才十一岁的若紫心里着急，连忙用纸蘸着水要给他擦掉，源氏公子开玩笑地说："别让我像平中那样，也给我抹上黑色。不管怎么说，红色还是可以忍受的。"据《源氏物语》的旧注释书《河海抄》[①]记载：从前有一个名叫平中的人，到某女子家里，装作伤心哭泣的样子。但因为泪水出不来，便用手指在女子家的水盂里蘸点水抹在眼睛下面，还偷偷把水盂

---

①《河海抄》，四辻善成所著。《源氏物语》的注释书之一，成书于室町时代初期。书名典出《史记》的"河海不择细流，故能就其深"之意。（——本书所有注释均为译注）

藏在怀里。女子事先察觉后，将墨水装入水盂里，平中不知情，结果用墨水抹眼。女子让平中照镜子，并吟咏和歌道："对我故显哀怜态，脸上却露墨黑色。"源氏的话正是出于这个典故。《河海抄》说此典故引用于《今昔物语》[①]，《大和物语》[②]亦有记载。但现存的两书均无此记述。不过，从源氏拿这个故事开玩笑来看，这个好色之徒平中脸上抹墨的难堪糗事在紫式部时代就已经广为流传了。

《古今集》[③]以及其他敕撰集[④]中收有平中的不少和歌，其家谱也大体清楚，又有诸多物语记载，历史上无疑实有其人。但死于延长[⑤]元年或六年，尚难确定，至于生年，未见记载。《今昔物语》说："有人名兵卫佐平定文者，字平中。乃皇室之孙，身份高贵。其人好色，与他人之妻女、宫中侍女，不在少数。"该书又在别处写道："其人身份高贵，英俊美貌，气质俊朗，言谈优雅，世上无人与之媲美。故而他人之妻女、宫中侍女更自不待言，皆任其摆布。"以上记述的人，本名平定文（或称平贞文），乃恒武天皇之孙茂世王的孙子，右近中将从四位上平好

①《今昔物语》，日本平安朝末期的民间传说故事集。共三十一卷，收集有天竺（印度）、震旦（中国）、本朝（日本）的千余篇故事，内容包括佛教、世俗、传奇等。因每卷开头皆有"今昔"二字，故称《今昔物语》。

②《大和物语》，日本平安朝前期的和歌物语。作者未详。全书一百七十三段，多为基于世间传说的内容，有和歌300首。

③《古今集》，即《古今和歌集》，日本最早的敕撰和歌集，成书于914年左右（平安时代前期），二十卷，收录和歌一千余首。

④敕撰集，奉天皇、上皇之命编撰的歌集、汉诗文集。尤指和歌集。

⑤延长（923—931），日本年号之一，当时在位天皇为平安时代的醍醐天皇、朱雀天皇。

风的儿子。据云平好风有三子，平中为次子，三人居中，故字"仲"，也多写为"平仲"。（《弄花抄》[①]认为，"平中"的"中"应发浊音。）人们称之为"平中"，正如将在原业平称为"在五中将"[②]一样。

如此说来，业平和平中有诸多相似之处，二人均是皇族出身，生于平安朝初期，都是好色的美男子，擅长和歌，前者是三十六歌仙[③]之一，后者是后六六选[④]之一；前者写在《伊势物语》里，后者也有《平中物语》《平中日记》[⑤]等。只是平中生活的时代比业平稍晚，从以上抹墨水、被本院侍从耍弄的故事来看，与业平不同，他多少给人一种乖丑滑稽的感觉。《平中日记》里吟咏恋爱的和歌不全是热烈缠绵的恋歌，也有不少表现自己被对方甩掉，或者被对方体面拒绝的内容，最终自己实在"无话可说"，"独自烦恼"；还有自己做事疏忽大意的过失，例如第七段就记载与中宫侍女武藏的关系，他本以为立即就会事遂人愿了，却不料第二天因公出差，离开京都四五天，最可气的是竟然忘记通知对方，导致她灰心叹气，以为自己是个负心人，

①《弄花抄》，三条西实隆著。《源氏物语》的注释书之一，成书于1504年。
②在原业平（825—880），日本平安时代初期的贵族、歌人。日本的和歌六歌仙和三十六歌仙之一。擅长和歌。官位为从四位上、藏人头、右中将。因是在原氏的第五子，且任右近卫权中将，故被称为"在五中将"。
③三十六歌仙，藤原公任编撰《三十六人撰》，收录平安时代三十六名人的家集（歌集）。
④《后六六选》，即《后六六撰》，藤原范兼编撰。以歌仙歌合形式收录《三十六人撰》未收录的三十六名人的家集。后人称为"中古三十六歌仙"。
⑤《平中物语》，平安时代的和歌物语。作者和成书时间不详。共三十八段。也称为《平仲物语》《贞文日记》。

最后削发为尼。

在平中的众多女人中，最让他神魂颠倒、朝思暮想，而为此吃尽苦头，最终殉情而死的，就是那个侍从君——世人称为"本院侍从"。

此女供职于左大臣藤原时平官邸，担任女房①。但是平中当时称时平为本院左大臣，所以称呼此女为本院侍从。当时平中只是一个兵卫佐的小官，虽然血统门第高贵，但官微位低，而且还有几分怠惰，日记中流露出"苦于供职官中，唯喜逍遥"的心理。总之，他讨厌当官，只喜欢自由自在的悠然生活。皇上对他的这种生活态度也很厌恶，曾一度罢免其官职，以示惩戒。不过，也有另一种说法：因为他与一个比他官职高的男子争风吃醋，那个女子喜欢平中，于是情场失意的官员对平中怀恨在心，便无事生非地向皇上进谗言。《古今集》第十八卷《杂歌（下）》收有他的一首和歌"忧患尘世非闭门，缘何此身难出门？"前言表明是"咏于罢黜之时"，也正是他产生出家遁世念头时候的心情。他和皇太后身边的一个女房是老相好，便给她送去一首和歌"杜鹃松林临大限，此生最后放声啼"，让她向皇太后说情，同时其父好风也向皇上哀求，所以不久他官复原职。

平中疏懒政务，似乎也懒得进宫供职，却经常去本院左大

———————————
①女房，侍奉于宫中或贵族宅邸里的高层侍女。

臣府第问安。所谓"本院"，其实就是位于中御门北面的堀川东一丁的时平宅邸的名称。时平是已故关白大政大臣昭宣公基经的嫡出长子，又是当朝醍醐天皇的皇后稳子的哥哥，位高权重，炙手可热。时平于昌泰二年二十九岁时就被任命为左大臣，最初的两三年间，因为右大臣是菅原道真，难免多少受其掣肘。但昌泰四年，左大臣终于剪除政敌，从此独揽天下大权。其实，当时他也不过三十三四岁。《今昔物语》形容左大臣也是"姿容俊秀，美丽无比"，"大臣之音容气质如熏香怡人，实难言喻"。从这些记述中，一个富贵、权势、美貌、年轻的高傲公子的形象立即浮现在我们的眼前。

平时一提到藤原时平，往往令人想起舞台上《拉车》①场景中那个公卿的反派角色，勾画着蓝色脸谱，给人一种奸佞狡黠的印象。然而，那是因为世人过于同情道真，实际上藤原时平大概并不是舞台上表现的那么坏。高山樗牛②著有《菅公论》，批评道真辜负了试图起用时平以抑制藤原家族的宇多上皇一番深切的托付，认为菅公不过是一个懦弱的悲情诗人，根本就不是一个政治家，而时平在这一点上也许更富于政治行动力。《大镜》③不是一味讲时平的坏话，也说他可爱的地方。例如说他有

①《拉车》，净琉璃《菅原传授手习鉴》第三幕的开场《车引》。菅原道真一方的梅王丸和樱丸站在敌人藤原时平的车前，与时平一方的松王丸争斗的场面。
②高山樗牛（1871—1902），明治时期的文艺评论家。
③《大镜》，纪传体史书，采用问答式记述文德天皇至后一条天皇年间史实。是日本四部历史物语（即被称为"四镜"的《大镜》《今镜》《水镜》《增镜》）的第一部。

一个习惯，见到可笑的事情就马上发笑，而且笑个不停，这足以证明他具有天真、开朗、豁达的一面。有这样一个滑稽的趣闻：当时道真还在朝与时平共同处理政务的时候，平时总是时平独断专行，不容道真插手过问。一个负责记录的下属看不下去，便心生一计，一天，他把文件夹呈送给时平的时候，故意放了个响屁。时平不由得哈哈哈捧腹大笑，而且停不下来，笑得前仰后合，无法接过文件。于是道真得以从容地按照自己的意愿批阅文件。

时平还胆量过人。道真死后，那时人们都相信他的亡灵化为雷神对朝中大臣报仇。一天，雷击清凉殿，满朝公卿大惊失色，唯有时平凛然不惧，拔刀怒视天空，高声呵斥道："你在世之时就居我下位，即便如今成了神，来到这世间理所当然也得尊敬我！"道真似乎畏惧他的威武气势，雷鸣顿止。《大镜》的作者虽历数时平作恶多端，但也赞其"极具大和魂"。

如此说来，时平看似就是一个豪门优渥环境长大的、莽撞粗鲁的山大王，但其实也有令人意想不到的一面。传说有这样一件事：醍醐天皇曾和他密商如何惩戒世上的奢靡之风。于是有一天，时平身穿违背天皇规制的华丽服装上朝，天皇从殿上看见，面有愠色，叫来职事，吩咐道："近来查禁奢靡之风甚严，左大臣虽为位极人臣，却如此盛装上朝，太不像话。命其立即退下。"职事不明就里，诚惶诚恐地传达圣旨。时平更是惊惧万分，也不敢让随从开道，慌不择路地退出宫殿。此后一个月笼居家中，闭门不出。偶有客人来访，也以"皇上惩处甚严"为由，不出苇帘，坚不会客。此事逐渐传开，得到好评，于是世人的奢靡之风得以收敛。其实，这出戏是醍醐天皇与时平的事先安排。

平中经常去时平家拜访，并非没有世间常见的那种献媚权贵、借此升官的私心，但另一个原因是两人说话投缘。左大臣和兵卫佐，虽然官阶职位差距很大，但若论二人的家族谱系，平中毫不逊色，加上情趣、教养也平分秋色，都是好色的贵族美男子。因此，二人在一起津津有味地谈论什么话题，大致就能猜测出来。不过，平中到左大臣宅邸来，聊天并非他的唯一目的。每次与左大臣聊到深夜，他掌握合适的时间告辞，但是极少直接回家。他对左大臣装出回家的样子，其实是悄悄溜到女房们的房间那边，在侍从君居住的房间周围转来转去。这才是平中到左大臣宅邸的真正目的。

然而，可笑的是，平中从去年就开始悄悄在侍从君的房间外面转悠，有时在格子门外屏息凝神地偷窥，有时伫立在外廊的栏杆旁窥视，极其耐心地寻找机会。也许他每一次都运气不佳，至今非但未能打动芳心，甚至也未能一睹世称绝色美女的芳容。这不仅是平中没有运气的问题，更主要的是似乎对方有意回避，这让他十分懊恼。这种情况，最常用的手法就是买通女童（小丫鬟）传书递简，可是传递了两三封情书，却不见对方回复。平中便数次抓住小丫鬟，一再叮问："你真的把我的信交给她了吗？"小丫鬟深表同情地看着他，支支吾吾地说道："是的。真的交给她了……"

"她收下了吗？"

"是的。她收下了。"

"你告诉她了吗？我想得到她的回信。"

"我的确这么对她说的……"

"她怎么回答的？"

"她什么也没说。"

"她看了吗？"

"嗯，大概吧……"

平中越是不停地追问，小丫鬟越不知如何回答。

一次，他照例洋洋洒洒地对侍从君倾诉一番恋慕之情后，又满怀哀求地添上一笔："我只是想知道你是否阅过此文。我并不要求你的热切之辞，如果你看过我的信，就请你回'看过'两个字即可。"

小丫鬟送完信后，从未有过地微笑着回来说道："今天有回信。"然后将侍从君的回信交给平中。

平中的心情万分激动，迫不及待地打开一看，里面只有一张小纸片。仔细一瞧，原来是侍从君将他去信中的"看过"两个字撕下来装进去的。

就连平中都目瞪口呆，他和许许多多的女人谈情说爱，却从来没有受到这样态度傲慢的讽刺捉弄。自己的美貌世人皆知，大凡女人一知道是他，都会趋之若鹜，还从来没有一个人如此狂妄自傲，如此欺负人。平中觉得猛地被人扇了一记耳光一样，之后有好长一段时间没有去找她。

平中是个势利眼，既然侍从君不理自己，之后的两三个月也就很少去左大臣宅邸拜访，偶然去一次，回去时也特地不往女房的房间那个方向走，自我告诫，那是晦气阴重之地，避之唯恐不及。这样又过了几个月，一个阴雨绵绵的夜晚，平中好久没有和左大臣聊到深夜，刚才还是细雨绵绵的，出来的时候雨突然下大了。他不愿意冒着这样的大雨回家，忽然灵机一动，何不趁着这雨天去拜访她？想起来的确很气人，她上一次的恶作剧有点过分。不过，大凡工于心计故意让他烦恼的女人其实并非真正厌恶他，而是对他怀有好感。她大概是想表示"我可不是那种一听到你的名字就喜不自禁的女人"，平中觉得目前暂时让她保持这种固执的态度也无不可。——他心里对自己还是颇为自负，所以即使被她那样奚落，也不会引以为戒，其实对她还是没有死心。他心想，在这个大雨滂沱的漆黑夜晚去拜访她，即便她冷酷无情，也应该会心生怜悯吧。这么一想，心神不定起来，不由自主地朝那晦气深重的地方走去。

"哎哟，我当是哪一位呢……"小丫鬟被平中叫出来，在黑暗中看着无精打采地站在用帘子挡雨的地板间里的男人，不无惊讶地说道，"有一段时间没来了。我还以为您死心了呢。"

"不，哪能死心呢？男人遭受那样的冷落嘲讽，只能加深恋情。我之所以这一阵子没来，是因为觉得纠缠不休不太礼貌。"平中故作冷静，以免丑态毕露，但声音颤抖，连自己都觉得可笑，"虽然久未来访，但是我一天也没有忘记她，思念日炽。"

"带信来了吗？"

小丫鬟不想听他这样无休无止的倾诉，便问他是否有信，有的话可以代转。

"没有。反正她也不会回信，写了也白搭。——我说，求你了，能不能让我看一眼她啊，哪怕就一眼也行。隔着东西看也行，或者听听她的声音。我就是怀着这样迫切的心情，不顾天黑雨大，特地奔来的。难道你就不能稍微可怜我一下吗？"

"可是，她身边的侍女还没有睡，现在不太方便……"

"我等，等到她们都睡了，什么时候都行。今晚不见她一面，我就不走了。"平中滔滔不绝地诉求，"姑娘，求你了。好吧。"

他像一个缠人的小孩子一样，拉着小丫鬟的手不放，喋喋不休。小丫鬟用半是惊诧半是害怕的眼神盯着这个疯了般的男人的脸，无奈地说道："您真的能等？要是您等的话，她身边的人都走了以后，我试着说说看吧。"

"那就谢谢你了。拜托了。"

"不过还早着呢。"

"我明白。"

"我只是转达而已，结果怎么样我可不敢打包票。"

接着，小丫鬟让他"站在格子门外，尽量避人耳目"，然后自己退入房间。平中也不知道站了多久，夜渐深沉，听见众人准备就寝的声音，很快人声静寂，女房的人们似乎已经入睡。就在这时，平中倚站的格子门里面出现一个人影，他听见摘掉门扣的声音。

平中心头一震，试着轻轻推一下格子门，果然顺利打开了。他喜出望外，啊，今夜她已经动心，愿意倾听我的恳求，简直就跟做梦一样。他兴奋得浑身颤抖，诚惶诚恐，蹑手蹑脚走进去，从里面把门扣插上。屋里漆黑一团，仿佛只听得见自己的脚步声，没有别的人，空气里弥漫着浓郁的焚香的香气。平中摸黑一步一步膝行，终于来到大概是她卧榻的地方，心想这儿应该没错，伸手便摸到一具衣服蒙头躺卧的身子。平中感觉香肩纤细，脸庞可爱，定是此人无疑，再一摸她的头发，青丝浓密柔软，清凉如冰。

"终于让我见到你了。"

平中在这种场合本应该应付自如，能说出各种不同的话语，可是今晚因为事先没有准备，一下子想不出合适的语句，只是激动得浑身颤抖，好不容易才说出这句话。说完以后，他不停地张嘴呼气。他双手从头顶往下按住她的脸庞，转向自己这一边，想仔细端详这美丽的容貌，可是屋里一片漆黑，即使脸贴着脸也看不见。不过，他还是目不转睛地注视着她的容颜，不知不觉地仿佛隐隐约约看到一个白花花的幻影。这期间，女子默不作声，任其所为。平中抚摩她的脸，试图通过触觉想象脸的轮廓，她依然舒展柔软的身姿，一言不发，这只能说明她表现出顺从的态度。但是，当女子觉察到平中开始行动时，忽然想起什么似的说道："等等……"一边说一边挪开身子，"……那边拉门的门扣忘记锁了，我去一下。"

"马上回来吧？"

"嗯，马上……"

女子所说的"拉门"，就是现在的隔扇，用以隔开房间。的确，隔扇不锁的话，就可能有人从隔壁的房间进来。平中只好把手放开，女子起身，脱下外衣，只穿着和服单衣和裙裤走出去。于是，平中立即宽衣解带，躺卧以待。他的确听见门扣锁上的声音，可迟迟不见女子回来。隔扇就在附近，她究竟磨蹭什么呢？……哦，刚才是听到门扣上锁的声响，但她的脚步声好像渐行渐远，这个房间里再也没有人来。平中觉得蹊跷，低声自言自语道："怎么回事啊？……万一……"

没人答应。

"万一……"他一边说一边爬起来，走到隔扇旁边一看，简直岂有此理！隔扇这头没锁，那头却锁上了。女子在隔壁的房间锁上隔扇后，不知逃到什么地方去了。

难道这次又被人耍弄了？……平中贴着隔扇，茫然若失地站在黑暗中，呆若木鸡。这究竟是什么意思？深更半夜的，故意把人勾引到自己的寝室，却在关键时刻逃之夭夭，躲藏起来。上一次的做法就已经过分，今天就更令人不可思议。事情好不容易到了这一步，本想今夜就可以夙愿以偿——可现在，虽然刚才抚摩她凉爽的秀发、爱抚她柔嫩的脸颊，依然手有余香——结果功亏一篑，犹如已经握在手中的珍珠从指缝间滑落。想到这里，平中悔恨交加，热泪盈眶。刚才她站起来走出去的时候，自己应该跟在后面，也是怪自己太掉以轻心了，以为事情已定，疏忽大意。这也许是女子试探男人对自己怀有多大热情的手法吧。男人要是对今晚的幽会真心实意地感激涕零，那当然随时都会陪伴在她身边，寸步不离。他却让女子独自离开，自己躺卧等待，这种做法让她很不满意。也许那个女子会这样说道：这个男人，对他稍微显示一点情意，他就得意忘形，自命不凡，所以还必须狠狠惩罚。对不起，要想得到我这样的情人，就得需要极大的耐性。

以这女子乖僻的性格而言，估计她是不会回来了。平中虽然心里明白，但还是不死心，依然紧贴隔扇，竖起耳朵偷听隔壁房间的动静，最后只好返回卧榻旁，可是并没有立即穿上自己脱下来的衣服，而是时而抱着时而抚摩女子的衣服和枕头，还穿上她的衣服，把脸贴在枕头上，久久地趴在地上。实在愚蠢至极……啊，就这样待着，一直到天亮吧，哪怕被人看见，随他去吧……他想，自己这样倔强执拗地等着她，也许会让她回心转意返回来吧。——他依然心存侥幸，在残留着女子细腻体香的黑暗中，倾听着寂寞的雨声，一夜没有合眼。将近拂晓时，听见外面人声的嘈杂，平中还是觉得难为情，悄悄溜走了。

此事过后，平中对侍从君的态度越发认真热烈起来。如果说以前还有几分游戏的成分，此后则是一心一意苦苦追求，坠入情网，决心不达目的誓不罢休。由于这样的恋火炽燃，虽然眼睁睁地看着自己可能会掉进对方设置的陷阱，但是他还是不由自主地一步一步上当受骗，无法自制。思来想去，没有其他办法，只好再把那个小丫鬟叫出来，托她带信。他在情书上的遣词造句可谓呕心沥血，用各种各样的表现形式反反复复对那天夜晚自己的过失表达歉意。——尽管我感觉到您在考验我，但我还是一时疏忽而铸成大错。也许您会因此认为我缺少热情，可是我自去年以来多次被您嘲弄，却依然不改初衷，矢志不渝。倘能稍加怜恤我，不知能否再次赐予和上一次同样的机会。——情书总体意思大致如此，却用尽甜言蜜语般的华丽辞藻。

二

不知不觉间，夏天已过，临近深秋，平中宅邸的篱笆旁菊花盛开，争芳吐艳。

这个古今闻名的好色之徒，不仅爱恋如花女子，也具有一颗怜爱自然花草之心，尤其擅长栽培菊花。据《平中日记》记载："又，此人喜在庭院中种植花草，栽培诸多菊花，情趣盎然。"还有这样的记述：一个月色皎洁之夜，一群女子趁平中不在家，偷偷前来赏菊，并将写有和歌的纸条系在长得高大的花茎上。《大和物语》也有记载，仁和寺的宇多上皇（亭子院帝）召见平中，说"想在神佛前种菊，献上好菊花来"。平中毕恭毕敬退下时，亭子院帝又叫住他，补充道："你献上菊花时，必须附有和歌，不然我不收的。"平中诚惶诚恐地回到家里，从庭院盛开的菊花中挑选几株品相尤佳的，咏菊配歌，献给上皇。《古今集》第五卷《秋歌》收录这首和歌，序言写道："仁和寺召见，命菊花配歌献上，是以奉诏吟咏。"

秋过菊花应有时，

移植更增花色新。

进入冬季，平中精心栽种的菊花叶凋花谢，芳香不再。一天晚上，平中去本院的左大臣家拜访，天南海北地闲聊一通，除他之外，还有五六个公卿，起先颇为热闹，后来有人陆续告退，最后只剩下大臣和他两个人。平中打算回家，正准备起身告辞的时候，时平对他谈起女人的话题。这是两人的老规矩，时平问他最近有什么收获，有什么别隐瞒。平中心神不定，这时候也不便告辞，于是又坐下来，两人交换唯有密友之间才能坦白的隐私。尤其是平中，心里忐忑不安，担心左大臣最近对他与侍从君的事是否有所耳闻，今晚会不会遭受他刻薄的讽刺挖苦，所以平中提不起精神来，内心却高度戒备。

时平不知道想起什么，突然离开上座，膝行到平中跟前，说道："有件事想跟你详细打听一下……"

开始了——平中的心脏怦怦狂跳。

时平淡淡一笑，说道："哦，冒昧向你打听一件事，就是那个……太宰府①长官大纳言②的夫人……"

"哦、哦……"平中随声附和，眼睛却盯着时平那张依然微

---

①太宰府，七世纪后半期设置在九州筑前国的行政机关。亦称大宰府。
②大纳言，太政官制度下设立的一个官职，第四等级的次官，官位最高至正三位。

笑的脸，不知他的真意。

"那位夫人，你认识吗？"

"是哪位……夫人？"

"别给我装蒜，你要是认识，就老老实实告诉我。"

见平中心神不定的样子，时平进一步靠近他："我突然问你这件事，也许你觉得奇怪。听说那位夫人是世间罕见的绝色美女，真是那样的吗？……所以，我说你别给我装糊涂。"

"没有。我不是装糊涂，真的不认识。"

时平说的不是侍从君的事，而是平中意想不到的另一个人，他终于松了一口气。

"你大概知道吧？"

"不……真不知道。"

"那不行，不行。你不说，终会露出马脚的。"

两人进行这样的对话并不罕见，一般都是时平先对平中奚落一番，平中开始坚决否认，佯装不知，但是在时平的追问下，平中最后终于承认"也不是不认识"。接着时平步步紧逼，平中步步为营，接连败退，"就和她交换过信函""就见过一次""其实见过五六次"……最后把一切都坦白交代出来。令时平吃惊的是，只要是当时世人认为多少有点姿色的女人，平中没有一个不染指的。今天晚上也是如此，在时平的诘问下，平中逐渐开始语无伦次，虽然嘴上依然不承认，脸上却流露出肯定的神色。时平继续严厉逼问，平中才开口招认：

"其实，怎么说呢？我和侍奉那位夫人的女房关系有点亲密。"

"嗯、嗯。"

"据她说，那位夫人真的是倾国倾城，无人可比，年龄也才二十岁。"

"嗯。这些我也听说过。"

"可是，大纳言毕竟是那么个老人……他多大了？看那样子，早就过了七十吧……"

"是的。大概有七十七八岁吧。"

"这么说来，他和夫人竟然相差五十多岁。夫人也太可怜了。世间难得的天生美女，千挑万选，却偏偏挑了个祖父、曾祖父那样的老头儿当丈夫，她心里大概很不满意。我听女房说，她经常长吁短叹，对侍女流露出自己人生不幸的哀怨，还背着人暗地里哭泣……"

"嗯，嗯，接着说……"

"于是……实在难为情，还是和她……怎么说呢……"

"哈哈哈……"

"听凭您想象吧……"

"我推测事情大概就是这样，果然如此。"

"不好意思。"

"见过几次？"

"要说次数，其实并不是经常见面的，也就一两次吧……"

"又瞎说了。"

"没有。真的……请那个女房穿针引线，可能也就一两次，其实也没有达到水乳交融的程度。"

"好了，这种事我不感兴趣。我只是想知道她真的如世人传说的那样花容月貌吗？"

"是的。这个嘛……"

"这个嘛，是怎么回事？"

"这怎么说呢……"

平中故意卖个关子，满脸坏相，憋着笑，像煞有介事地歪着脑袋。

那么，他们津津乐道的"太宰府长官大纳言"及其夫人是何许人呢？大纳言就是藤原国经，他是闲院左大臣冬嗣的孙子，权中纳言长良的嫡出长子。时平是国经的弟弟——长良的三子基经之子，所以，其实国经与他是伯侄关系。但是从官位来说，时平是已故太政大臣关白基经的长子、摄关家的嫡子，比国经高得多。年纪轻轻的侄子已经担任左大臣的显赫要职，根本不把老态龙钟的伯父放在眼里。

其实，国经在当时绝对是一个长寿者，延喜八年以八十一岁高龄辞世。生来与世无争，是一个好好先生，官职能升到从三位大纳言，大概也是因为长寿的缘故吧。曾担任过太宰权帅①，所以被称为"帅大纳言"。延喜二年正月，他七十五岁的时候，才被任命为大纳言。他唯一的长处，就是身体健康，体格壮硕，精力旺盛，如此高龄竟然娶二十多岁的美貌女子，而且生有一男，就足以证明。说一句题外话：就在这昭和时代，前些日子，一个六十八九岁的著名歌人和四十多岁的某夫人陷入"黄昏恋"，报纸杂志争相报道这起桃色新闻，沸沸扬扬，引起极大的社会轰动。此事仍记忆犹新。当时，老歌人的知心朋友最担心的问题是他的体力能否胜任，据说有好事者曾私下向夫人打听，结果夫人表示心满意足。我们只能对老歌人的充沛精力表示羡慕和惊讶。现代社会这种组合的性生活都会引起世人的关注，那么，比这位老歌人还年长八九岁的国经娶比自己小五十岁的年轻女子为妻，在当时的平安时代更是罕见了。

那位夫人是筑前守②在原栋梁的女儿，也就是在五中将业平的孙女。真实年龄不详，与大纳言相差五十岁似也令人生疑，只是《世继物语》③说她"年仅二十"，《今昔物语》说她"二十余岁"，所以一般认为是二十一二岁。其祖父虽是业平，也未必因此断定她是美女，不过其子敦忠也是美男子，其姿容既然属于美人家族之一，谅必当之无愧。

---

① 太宰权帅，即太宰府长官。
② 守，即国司。中世时期，中央派往地方的行政长官。
③ 《世继物语》，这里指《小世继物语》。编者不详，成书于镰仓时代。收录平安时代至镰仓时代的和歌故事五十六篇。

时平不知从哪里听到这些传闻，还曾耳闻她时不时背着丈夫与情人幽会，这个情人不是别人，正是平中。如果确有其事，那绝不能把这样如花似玉的美女交给黄发鲐背的老头儿，也绝不能让比自己地位低的平中占有，于是时平内心燃烧起强烈的欲望：我要取而代之！平中当然不知道时平的心思，所以那天晚上如常般前来拜访。

笔者在后文将会说到，不久时平如愿以偿，从伯父手里顺利抢到比自己小十岁左右的伯母。《大和物语》收有平中当年送给还是国经妻子时候的夫人的一首和歌：

绿满春野五味子，①

娶君为妻意若何？

这里的"妻"意为"正室"。虽然不知道平中是否真心，但能提出这个要求，看来多少还是认真的。今天晚上，被时平突然袭击，结果把自己的隐私统统招供出来，尽管心中有鬼，张皇失措，但坦率地说，他对过去的恋人还有几分难以忘怀。这个人拈花惹草，轻薄成性，与他私通的女人不计其数，但大部分都是露水夫妻，始乱终弃，至今能记住姓名、模样的为数

---

①五味子，此处指日本南五味子，亦称实葛、核葛。常绿藤本植物，春季开黄白色或淡黄色的花，果实呈紫红色圆球状。果实酸甜，种子苦辣，叶茎咸味，故谓"五味子"。

不多。对这个夫人，最近有点疏远，但以前那一段时间关系非同寻常。现在他追求侍从君到了欲罢不能的地步，被对方弄得恋火攻心，难以自拔，一心一意思念侍从君。不过，他并没有和夫人一刀两断，如今被时平突然提起，不由自主地又想起她来。

虽然平中想继续隐瞒掩盖，但还是一点一点地把实情挤了出来："嗯，我刚才说，和她就见过一两次，确切的次数不好说。不过，美若天仙那是绝对的。"

"这么说，名不虚传……"

"既然话说到这里，实不相瞒，那真是闭月羞花之貌，从未见过。不好意思，我认识的众多女子中，没有一个比得上她。"

"哦！"时平声音低沉地感叹，屏住呼吸。

"据你观察，他们夫妻关系如何？和那个老头儿还是过不到一块吧？"

"怎么说呢，她的确含泪诉说哀叹自己的不幸，可也说大纳言老爷和蔼可亲，十分疼爱自己。她究竟是什么样的心情，其实真捉摸不透。不管怎么说，有一个可爱的小公子……"

"她有几个孩子？"

"就一个。四五岁的儿子。"

"呵呵，七十多岁，老来得子啊。"

"佩服啊。"

在时平刨根问底的追逼下，平中竹筒倒豆子般把自己知道的事情一五一十都说了出来。他心想，很难说以后是否还能遇上夫人那样的丽人，但自己已经和佳人热恋一场，遂了心愿。不管什么样美艳绝伦的女人，已经见识过她的魅力，梦想业已实现，虽然并非完全失去兴趣，但还是尚未体验的新人更有情趣。——他感觉一次又一次玩弄手腕煽动自己恋火的女人才具有无比强烈的吸引力。这是渔色者的心理，从王朝时代到江户时代，一脉相承。所谓的花丛老手，从来不在乎过手的女人。如果左大臣迷恋夫人，可以让他爱得如痴如醉。只是瞒着大纳言那样的老好人干出这种不道德之事，感觉多少有些愧疚。自己虽然惯于勾引人妻，但是看到那个可怜兮兮、瘦骨嶙峋的老头儿娶个年轻的娇妻，视之为掌上明珠，百般呵护且心满意足，不由得顿生恻隐之心。

顺便说一下，平中除了与这位夫人有隐秘关系外，与大纳言国经并无直接的深交。可是，《平中日记》有这样一则记载：一年秋天，因为一件小事，国经派人携信来到平中家里，平中从庭院里摘取一枝菊花附在回信中。国经收到菊花后，即刻吟咏一首和歌相赠。

侍奉历朝一老翁，

拄杖观菊知来处。

平中回赠的是：

君若移玉临寒舍，
茅中菊花分外香。^①

两人的和歌互赠不知道写于什么时候，或许是平中想到自己已经摘得老翁藏于深闺的鲜花，带有些许讽刺的意味吧。

三

此后，时平在宫中每次遇见国经时，总是机敏周到地打招呼寒暄。虽然官职在自己之下，但毕竟是伯父，又是年老的长者，对他表示尊敬无可非议。不过，自从把菅公整倒以后，他变得更加高傲狂妄，对满朝官员都趾高气扬，飞扬跋扈，根本不把伯父放在眼中。现在，不知何故，对伯父突然变得恭恭敬敬，一见面总是笑脸相迎，说一些诸如"您身体硬朗，令人高

① 此歌原文是"たまほこに君し来よらば浅茅ふにまじれる菊の香はまさりなむ"，语义双关。"茅"指的是矮小的茅草、稀疏的茅草。表面上说"矮茅中的菊花由于你的到来更加添香增色"，其实"矮茅"暗喻自己与国经关系疏浅，"菊花"暗喻夫人的国色天香。

兴，不过这些日子天气转寒，没有不适应吧？""注意别感冒"之类假惺惺的话，以表示关心。有一天早晨，天气格外寒冷，大纳言伯父冻得流鼻涕，时平马上轻轻走上前，小声提醒道："您都冻出鼻涕了。冷的话，多穿件棉袄。"

长寿的老人一般都有点耳背，大纳言反问道："棉？……"

"嗯、嗯。"

时平一味点头，嘴里说着什么，老人也听不清楚。等到老人回到公馆，就有人上门，自称是左大臣派来的，送来好几堆雪白的棉花。来人转达左大臣的话说"您八十高龄，依然身体健旺，精神矍铄，连年富力强者恐怕也只能服输。国有如此朝臣，实为大幸，故而乃请善自珍摄，龟鹤遐寿是盼"，然后把礼物放下告辞回去。两三天以后，早晨起就开始大雪纷飞，到了傍晚，积雪近一尺，使者又来，带来口信说"鹅毛大雪，不知如何度过？今晚大概会急剧降温，如何御寒？"然后殷勤恭敬地搬进衣箱，送给国经。又说道："这些都是来自大唐国①的东西，是上一代昭宣公冬天所用之物。左大臣说他还年轻，用不着这些东西，代替父亲送给伯父。"使者说完后，放下礼物就回去了。从衣箱里取出来都是贵重的貂皮大衣，依然散发着前人焚香熏衣的香气。

---

①大唐国，指中国。

之后时平又送来几次礼物，有时是绫罗绸缎等衣料，有时是来自大唐国的各种珍奇名贵香木，有时是葡萄染①、棣棠染②等和服套装……一有机会，时平就利用各种借口派人送来。大纳言对时平毫无怀疑，并不觉得他别有用心，只有感谢惶恐之情。人到老年，只要听到年轻人对自己安慰关怀的话，都会满心高兴，感激涕零，何况生性懦弱的国经，更是如此。而且送礼物的是自己的侄子，头号人臣，将来必定继承昭宣公的事业，成为摄政③、关白④，他不忘骨肉亲情，对自己这个一无可取的老伯父如此眷顾。

　　"这就是长寿带来的好处啊。"一天晚上，老人将他满是皱纹的脸贴着夫人丰润的面颊，"我娶你为妻，觉得无比幸福，现在又加上左大臣对我关怀备至……人啊，真不知道什么时候会交到好运。"

　　老人的额头感觉到夫人在默默地点头，就和她贴得更紧，双手搂抱着她的脖颈，长久地抚摩那一头秀发。两三年以前，他还不是这样，最近却对夫人的爱变得缠绵起来。冬天，每天晚上片刻都离不开夫人，紧贴着夫人的身子睡觉。而且自从左大臣对他表示关怀以后，他心存感激，酒兴高至，有时酩酊大

①葡萄染，深红色面、浅蓝色里的和服。
②棣棠染，枯叶色面、黄色里的和服。
③摄政，意为代替君主执政的职务。一般指天皇未成年或其他原因不能视朝时，任命成年皇族代为施政。
④关白，辅佐天皇处理政务的最高职务。

醉地爬上卧榻，更是和夫人手脚交缠，如胶似漆。他还有一个习惯，不喜欢寝室黑暗，想方设法把灯点得亮堂，因为他不满足于手的抚摩，经常拉开一两尺的距离仔细欣赏夫人的姣美容貌，所以需要明亮的空间。

"我这把年纪，穿什么都无所谓了。这些绫罗绸缎就给你穿吧。"

"可是，大臣请老爷您注意别感冒……"

夫人说话历来低声细语，耳背的老人难以听清，所以她平时寡言少语，尤其是进入寝室以后，几乎默不作声，夫妻之间极少讲枕边话，大致都是老人独自唠叨，夫人只是倾听点头，偶尔把嘴唇挨近老人耳边插一两句话。

"不，我什么也不要。所有的东西都给你……我有你就足够了……"

老人说罢，又把脸稍微离开妻子的脸蛋，拨开她额头上的头发，让灯光照在她的脸上。每当这个时候，夫人总是感觉到老人瘦骨嶙峋的弯曲手指颤巍巍地摆弄她的头发，摩挲她的脸颊，于是只好闭上眼睛，温顺地任其所为。她闭上眼睛，与其说是为了避开灯光的照射，不如说是避开老人贪婪凝视的目光。年近八十的老人还有这样的热烈情感，的确不可思议，但以体格强健而自豪的老人在这一两年也开始逐渐体力衰退，首先在性生活上就毫无疑义地暴露出来。老人意识到这一点，这是无可奈何之事，无能为力，心里闷闷不乐。其实，这种力不从心的无奈与其说感叹自己得不到快乐，不如说更多的是觉得对不起年轻的妻子……

"不要紧的，您别总挂在心上……"

当老人坦率地吐露心曲，委婉地表示"对不起"的时候，夫人总是平静地摇摇头，反而可怜起丈夫来。她说了一段这样的话：年迈力衰，理所当然，无须耿耿于怀。违背生理现象，勉力为之，对健康极为不利。与其如此，不如注重养生，得以保持长寿。这是我最为高兴的。

"你能这么说，令我感动。"

老人得到夫人温柔深情的宽慰，更加感受到她善良慈悲的心怀，再一次凝视着又闭上眼睛的夫人的容颜，心想这个人的内心深处究竟是怎么想的呢。她天姿国色，却看似情愿地守在一个大自己五十多岁的老者身边，这本身就不可思议。他意识到自己仿佛把一个不谙世事的女子欺骗到手，把自己的幸福建筑在妻子做出牺牲的基础上。他把这个疑虑深藏于心，继续端详妻子的姿容，越发觉得这张脸充满神秘的色彩，扑朔迷离。想到自己独占世间珍宝，想到唯有自己才知道这人间尤物，就连她本人都没有这样意识到，老人不由得扬扬得意起来，甚至产生骄傲地向别人炫耀的念头。但反过来想一想，如果妻子所说的话——对性生活的不满足毫不介意，只想一心陪着老人保持长寿——都是真心话，那自己拿什么报答她的深情厚谊呢？自己今后只能这样静静地看着她的脸蛋，知足地度过余生，可是让她这具美艳青春的肉体陪着自己腐烂，实在太可惜，实在不忍心。老人双手紧紧地搂着她的身子，凝视她的脸蛋，忽然冒出一个"自己早点死去，还她自由"这样怪异的念头。

夫人感觉到老人的泪水落在自己的眼睫毛上，猛然睁开眼睛："您怎么啦？"

老人自言自语般支吾道："没、没什么，没什么。"

几天以后，就是临近年末的十二月二十日那几天，大纳言又收到时平馈赠的许多礼物。使者转达时平的口信："大纳言明年又延龄增寿，已近耄耋之年，我们亲戚不胜欣喜，同声庆贺。些许薄礼，不成敬意，还请笑纳，喜迎新春。"使者临走时又补充道，"大臣常言，伯父如此长寿，实乃一族之荣誉。自己一直期盼有机会与伯父把盏对饮，共享喜悦，同时请教养生之术，学习健康秘诀。然而一直没有合适的机会，因此希望尽快实现夙愿，这个正月正是好时机。以前每年都没有到伯父家里拜年，实在失礼，因此从明年开始前来祝贺新春。大臣说，新年的头三天里一定前来贺年。"

听到使者转达的这些话，国经惊喜交加。事实上，时平表示要到大纳言家里拜年，不仅没有先例，也是闻所未闻的大事。自己不过是家族中的长者而已，这位恩泽深厚的年轻的左大臣对这把老骨头屡次赠送贵重大礼，而且还屈尊枉驾来访，实在是荣幸之至。其实，国经以前就琢磨过如何报答恩重如山的左大臣，苦思冥想，寝食难安。虽然自己的家与大臣宽敞的宅邸无法相比，但不是可以设宴和他彻夜把盏尽欢，竭尽全力招待，表达万分之一的感谢之情吗？这个法子他也不是没有考虑过，但转念一想，左大臣那样的大器之人如何能屈驾光临大纳言的鄙陋之辈呢？即使发出邀请，也是白搭，不知天高地厚，只能沦为笑柄。国经曾有这样的想法，可是没有实行，没想到现在左大臣主动提出要来做客。

第二天开始，国经的宅邸突然热闹起来，许多装修工进进出出。离正月没有几天，为迎接尊贵的客人，急急忙忙雇来工匠、园丁，装修府邸，修整庭园。家里的地板间、柱子都擦得锃亮，榻榻米以及拉门、隔扇等全部更换新品，重新调整屏风、幔帐的位置，改变客厅的结构。在家臣、侍女长的调度下，家具搬来搬去，改变一个位置，都会反复修改多次。庭院的修整，由国经亲自指挥，挖树木，堵泉水，毁部分假山，重新安排花草、树木、泉水、石头的配置，用尽心思，精心周到。在他看来，这次翻修是此生最后的面子工程，是装点晚年的盛事，即使投入再多的人力、财力也在所不惜。

正月初二，国经接到左大臣的通知。第二天，正月初三，豪华的车子、威武的马队进入大纳言的宅邸。据说还是为了不高调张扬，已经把随从人员压缩到最低限度了，但是，右大将定国、式部大辅菅根等时平的心腹部下，以及殿上人①、上达部②，还有相当数量的随从，平中也在其中。申时过后，客人入座，盛宴开始，不久天就黑了。那天晚上，推杯换盏，觥筹交错，酒过三巡，主客都开始醉意醺然。这也许是知道内情的定国、菅根等人故意拼命劝酒的结果吧。

过了一会儿，时平说"光喝酒没意思"，对坐在末席的人做了个手势，一个少纳言拿出横笛开始吹起来，接着，有人弹古琴，琴笛合奏，有人用扇子击节唱歌，然后，筝、和琴、琵琶等都搬出来一起演奏。

"老人家，老人家，您再来一杯吧！"

"主人不能这么过分拘束啊，不然我们的热情就凉了。"

国经醉态蒙眬地说道："哪里哪里，我是感激不尽……老朽荣幸之至……八十年来没有这么高兴过——"

"啊哈哈哈……"时平爽朗豪放的笑声盖过国经的话语，"好了，别说了。今晚就是要无拘无束地狂欢一场。"

"那是那是。"国经突然提高嗓门，大声唱起来，"劝我酒，我不辞。请君歌，歌莫迟。……"③

---

①殿上人，准许上清凉殿内殿的人，属于贵族。
②上达部，指三位以上的公卿和四位的参议。
③典出白居易《劝我酒》。

老人平时爱读《白氏文集》，兴致上来时，会这样背诵。今晚他乘兴朗咏，说明已经有点心醉神迷了。

"洛阳女儿面似花，河南大尹头如雪。……"①

国经步入老年以后，也努力控制酒量，但因为本来就善饮，底子好，想喝的话，喝多少都没关系。今天自己是主人，接待难得的贵客，不能出现丝毫差错，所以开始的时候极力控制。可是喜悦的心情实在难以抑制，再加上客人频频敬酒，紧张的心情也就逐渐松弛下来，他兴高采烈地开怀畅饮。

"什么啊，即便您发白如雪，依然精力旺盛，令人羡慕之至。"式部大辅菅根恭维道，"我也算是老人了，过了年才五十岁，在您老眼中就像孙子一样，可我最近觉得精力明显衰退了。"

"您这么说，我当然很高兴。可毕竟老了，完全不行了……"

时平问道："您说的不行，是什么不行了？"

"什么都不行了，而且这两三年更不行了。"

"啊哈哈哈……"

老人又吟唱白居易的诗："玲珑玲珑奈老何？"②

两三个公卿站起来轮番起舞的时候，宴会逐渐进入高潮。春天虽到，天气犹冷，春寒料峭之时，此处却热气腾腾，笑语

①典出白居易《劝我酒》。
②典出白居易《醉歌·示伎人商玲珑》。

欢声，歌声飞扬，大家都敞开上衣的领子，有的脱下一边的袖子，露出衬衣，把一切礼仪都抛到脑后，尽情狂欢。

四

主人的妻子、大纳言夫人一直从帘子后面窥视筵席的情景。起先，围在客人座位后面的屏风挡着她的视线，看不清楚，后来不知道是故意还是偶然，随着筵席气氛的高涨，人们开始闹腾，起立走动，屏风也一点点地折叠起来，向一边稍稍倾斜。这样一来，就能从正面看见左大臣的容貌身姿。他就坐在离夫人斜对面三四叠榻榻米远的地方，面朝这边，面前放着一盏灯，尽管隔着帘子，还是看得十分清晰。皮肤白皙，脸颊丰满，酡颜微醉，在灯火映照下满面红光，眉梢不时抖动，显示倔强的性格，但笑起来感觉十分可爱，眼角嘴边洋溢着孩子般的天真。

"啊，太英俊了……"

"这样的男人，就是与众不同。"

夫人身边的女房偷偷拉扯着彼此的衣袖发出感叹，似乎就是为了得到夫人的赞同。但是，夫人用眼神责备她们，自己的身子却被对方吸引过去一样，更加紧贴帘子观看。首先让夫人吃惊的是，丈夫国经呈现出平时未见的醉态，衣冠不整，口齿不清，声音沙哑地大声说着什么。左大臣也醉得和丈夫差不多，但不像大纳言那样失态。大纳言即使坐着，也是东倒西歪，目光无神呆滞，不知道瞧哪里；而左大臣虽有醉态，却依然正襟危坐，身板挺直，威容不改，照样羽觞斟满，仿佛千杯不醉。在管弦演奏的空隙，大家唱起催马乐①，左大臣音色优美，旋律悠扬，无人出其右。——不过，这只是夫人及其身边女房们的感觉，其实并没有证据表明时平具有音乐之才。时平的弟弟兼平是琵琶能手，人称"琵琶宫内卿"；夫人的儿子敦忠也是管弦高手，不亚于博雅三位②，这些因素综合起来，所以认为时平也许具有音乐禀赋，恐怕并非不是女人们对时平的偏爱吧。

夫人再仔细一看，发现左大臣从刚才开始就时不时地把目光向帘子这边瞟过来，起先还比较谨慎，只是偷瞟几眼，很快就满不在乎的样子，随着醉意的加深，目光也变得大胆起来，而且感觉色眯眯的眼神里充满不怀好意。

　　我家门前，

---

① 催马乐，将日本古代歌谣用唐乐曲调演唱，始于平安时代初期。使用笏拍子、笙、篳篥、琵琶、筝等伴奏。多在筵席上演唱。
② 博雅三位（918—980），即源博雅，平安中期的贵族、雅乐家。醍醐天皇的第一皇子克明亲王之子，其母是藤原时平的女儿。任"从三位皇后宫权大夫"，故称为"博雅三位"。精通雅乐，擅弹、琵琶、筝、笛等。

一个男人来回转。

好像有心事啊，

好像有心事啊。

　　这是催马乐《我门乎》①的歌词。当他唱到"好像有心事啊"这一句时，尤其加重语气，提高音量，而且用哀诉的眼神肆无忌惮地直视帘子里面。夫人起先对左大臣是否知道自己从帘子里面窥视他还半信半疑，现在已经确信无疑了，不由得满脸泛红。左大臣衣上的熏香飘到帘子里面，同样，自己衣上的熏香也会飘到左大臣那边。那屏风的变化，说不定是什么人揣摩左大臣的意图而故意折叠起来的。左大臣似乎想看清楚帘子后面夫人的模样，拼命瞪着眼睛朝这边搜寻。

　　其实夫人早已发现在远离左大臣的末席上，还有另一个男人也在偷偷地注视自己。不言而喻，他就是平中。众女房自然也都注意到他，但在今天这个场合，顾及夫人的颜面，谁也没有提起这个美男子，只是心里将他和左大臣进行比较，评判哪一个更胜一筹。夫人曾多次瞒着丈夫在灯火幽暗的卧室里委身此人，但在灯火辉煌的大庭广众之中，见到他跻身于高官显贵之中，今天还是第一次。就连这个平中，在今天这样的盛会上，

①《我门乎》大意为：一个男人在门外转来转去，好像有心事。那是迷恋这家的女孩，故意徘徊。

037

与气派风度仪表堂堂的左大臣相比，还是相形见绌。看上去简直像变了一个人，显得寒碜，黯然失色，根本没有华灯灿烂、摇曳生姿的锦帐幽会时的魅力。而且在今天这种谁都尽情狂欢的时候，似乎只有他一个人闷闷不乐，自斟自酌，毫无趣味。

"兵卫佐……"这时，时平见状，隔着座位，远远招呼他，"你今天好像精神不振啊。有什么心事吗？"

时平像淘气的孩童般露出不怀好意的微笑，平中用极其愤恨的眼光斜看着他，勉强挤出一丝讨好的苦笑："没有没有，什么也没有。"

"那就怪了，没见你喝酒啊。喝吧，多喝点儿……"

"我喝得不少了。"

"那好，你给我讲一则最拿手的荤段子。"

"您、您开玩笑吧……"

"啊哈哈哈，怎么样？各位……"时平环视四周，指着平中说道，"这人讲荤段子和闺房话特别拿手，你们说要不要他在这里给大家讲一个啊？"

"好啊，好啊！"

"洗耳恭听，洗耳恭听！"

在大家的鼓掌声中去，平中差点儿没哭出来，脑袋摇得跟拨浪鼓一样，不停地求饶："饶了我吧！饶了我吧！"

时平露出更加心怀叵测的恶毒笑容："你不是经常给我讲嘛，怎么在这个筵席上就不能讲了？是不是有人听了不自在啊？你要不讲，那我就揭发了。我替你把上一次告诉我的事情说出来，好吗？"

时平这么一威胁，平中更是满脸哭相，几乎是跪拜地央求道："饶了我吧！饶了我吧！"

夜更深了，宴席依然未散，大家的狂欢更是热火朝天。左大臣又唱起《我的马儿》：①

待乳山，

我的姑娘在等待。

快点跑啊！

我的马儿。

唱到最后，时平故意踮起脚后跟向帘子那边飞眼送秋波。接着，有人唱起《东屋》《我家》。

"推门自进来，请叫我人妻……"②

---

① 《我的马儿》，催马乐，改编自《万叶集》的和歌。大意为：我的马儿啊！你快点儿跑，跑到待乳山。那儿有姑娘在等我。你快点儿跑啊，我的马儿。待乳山，位于奈良县五条市与和歌山县本市交界处的山脉。

② 《东屋》，催马乐，采用男女对唱的形式。大意为：（男）站在东屋屋檐下，浑身雨淋湿，快快给我开门啊。（女）既无门扣也没锁，推门自进来，请叫我人妻。

"鲍鱼、蝶螺、海胆可以吗？……"①

"哩啦啦哩啰啰……"

接着，大家随心所欲地各自大声吼叫，谁也不听别人说些什么。

国经更是酩酊大醉，坐也坐不住，勉强支撑着上半身，免得倒下去，嘴里还在嘟嘟囔囔地唱着"玲珑玲珑奈老何"。不管是谁，抓住一个人就说"老朽荣幸之至……八十年来没有这么高兴过……"，边说边潸然泪下。令人佩服的是，他并没有忘记主人的职责。在左大臣表示感谢准备告辞的时候，他让人献上早已准备好的礼物，一张筝和两匹栗黄色、黑褐色的马。

左大臣踉踉跄跄地站起来，国经说道"大臣大臣，您有点站不稳"，但是他自己走路也是摇摇晃晃，命令家臣道"车子停到这边来"，让左大臣的车子停在正门台阶下。

"啊哈哈哈，看来我没事，倒是您酩酊大醉了。"其实时平自己也醉得晕头转向，车子拉到栏杆旁边，他甚至都走不过去，刚迈出两三步，就扑通摔了个屁股蹲儿。

"啊，这可不行……"

"哎哟，您走路不太稳……"

"哦，没事，没事。"时平刚一站起来，紧接着又摔了个屁

---

① 《我家》，催马乐。大意为：帷幕、幔帐已垂挂，请来我家做女婿。什么下酒菜？鲍鱼、蝶螺、海胆可以吗？这是做好一切准备迎接女婿进门的歌。

股蹲儿，"哎哟，我这可是出丑了。"

定国说道："这样子，恐怕坐不了车子了。"

"是啊，是啊。"菅根附和道，"干脆就留在这里，等酒醒以后再走吧。"

"那可不行，打搅时间太长，给主人添麻烦。"

"您别这么说。寒舍这么脏乱，只要您不嫌弃，住到什么时候都行。"

国经不由自主地挨着时平坐下来，几乎是抓着他的手恳求道："大臣大臣，老朽可是强求您留下来。您就是说想回去，也不让您走。"

"噢，您是说可以多待一会儿吗？"

"您愿意待多久都可以。"

"您既然强留我，那是不是再拿出什么特别的礼物招待我呢？"

时平陡然改变声调，国经一看，刚才还是酡红的脸色变得苍白，嘴角神经质地颤动着。

"今天晚上您的款待可以说是十全十美，无微不至，还送给我很不错的礼物。但仅仅这些，不好意思，还不足以把我这个左大臣留在这里。"

"您这么说，让我无地自容，老朽已经尽心竭力了……"

"您说已经尽心竭力，可是就那筝和两匹马，礼物太单薄啊。"

"如此说来，您是否还别有所求？"

"我不说，您也该知道啊。——我说啊，老人家，不要那么小气嘛。"

"您说我小气，我感到遗憾。老朽就是想知恩图报，只要能让您心满意足，无论什么东西都可以奉献给您。"

"无论什么东西吗？啊哈哈哈……"时平仰身大笑，而且是狂笑，以此掩饰多少的难为情，"那我就直说了吧。"

"请说，请说。"

"如果真像您所说的那样，对我平时的关照知恩图报，那么——"

"一定，一定。"

"啊哈哈哈，虽然醉得不成样子，甚至有点狂乱，但还是难以启齿……"

"别这么说，您请讲，请讲。"

"这不仅我的宅邸里没有，甚至就连高贵的九重宫阙的后宫也没有，只有您老人家手里独有的东西。这东西比您的性命还宝贵，是天地万物无法替代的东西。这是什么筝、什么名马都无法相比的宝物。"

"老朽这里有这样的东西吗？"

"有！只有一个。好了，老人家，送给我做礼物吧！"时平说完，目不转睛地盯着老人震惊错愕的眼睛，"好，送给我吧！作为您并不小气的证据！"

"哦，不小气的证据？"

不知道国经是怎么想的，他只是重复了一遍时平刚才的话，紧接着走到屏风前面，迅速地把屏风折叠起来，然后从帘子的缝隙间把手伸进去，一下子紧紧抓住隐藏在里面的夫人的衣袖。

"左大臣阁下，您看——比老朽的性命更宝贵，天地万物无法替代的、宝物中的瑰宝，老朽的宅邸以外任何地方都没有的唯一珍宝，就是这个！"

刚才还醉得东倒西歪的国经陡然精神起来，身板站得挺直，虽然还口齿不清，但说话干脆爽快，声音洪亮，只是他圆睁的双眼放射出发疯般怪异的凶光。

"大臣阁下，作为我不小气的证据，我把她作为礼物献给您。请您收下吧！"

时平以及所有的公卿都一言不发，出神迷离地看着眼前意想不到的事情变化。——当国经把手伸进帘子里面的时候，帘子的中间部分就向外鼓起来，露出紫色、红梅色、浅红梅色等各种颜色重叠交织的袖口，在夜间也清晰地显现出来。这是夫人身上衣服的一部分，从帘子的缝隙间稍微露出一点，就如同万花筒一样光彩夺目，令人眼花缭乱；又如同波涛荡漾，大朵的罂粟花、牡丹花摇曳生姿，夺人心魄。那个如花美女好不容易露出半个身子，依然被国经抓住衣袖，她停止不动，不愿意露出更多的身子。国经将手缓缓地放在她肩上，像是搂抱着她往客人方向拉过来，可是她反而退缩躲藏到帘子的暗处，用扇子遮住脸，所以无法窥见她的芳容，连拿扇子的手指也都藏在袖子里，只能看见滑落在双肩上的秀发。

"哦哦！"

时平叫起来，仿佛从美梦中惊醒过来，突然跑到帘子旁边，一把拨开大纳言的手，自己伸手进去，紧紧抓住她的衣袖。

"帅大纳言，这个礼物我拜领了。这才是今晚到这里来的真正价值。我衷心感谢您啊！"

"哦，世间独一无二的尤物今天总算得其所哉。应该是老朽对您表示感谢啊！"

国经把自己的位置让给时平后，从屏风前面退下来，对着茫然观看事态变化的诸位公卿、上达部大声说道：

"诸位！——诸位，大家大概都没有事了。这样子等下去，恐怕大臣不会很快就出来的，请诸位各自方便，自行回府吧。"

他说罢，将折叠起来的屏风重新展开，围在帘子前面。

今晚接连发生意外之事，人们都惊讶万分，即使主人敦促大家离开，也没有立即散去，而是看着主人难以判断是喜悦还是哭泣的眼神。

"请诸位回府吧！"

在主人的再次催促下，才听见人们嘈杂的声音，但没有几个人痛快离去，虽然极不情愿地站起来，大部分人还是眼神怪异地面面相觑，走几步又停下来；还有的人躲在柱子、大门背后，好像不看到事情的结果心不甘。

这些人充满好奇心的视线不约而同地投向屏风遮挡的帘子那边，屏风的后面正在发生什么事呢？——当时平知道国经把女子的衣袖交给自己后离开时，便一声不响地抓住衣袖慢慢往自己身边拉，像刚才国经那样将半个身子探进帘子里，从背后抱住这朵美丽的鲜花。于是，刚才在屏风外面闻到的那股甘美的幽香，一下子扑鼻而来，浓郁醇厚，简直令人窒息。

女人一直用扇子遮着脸，时平说道"不好意思，您已经是我的人了。让我看看您的脸"，然后从衣袖上轻轻握住她的手，她的手颤抖着将扇子放在膝盖旁。帘子里面没有照明，宴席厅中点燃的油灯的亮光被屏风挡住，只有一点微光远远地投射过来。时平在这种微光中第一次触摸到女子朦胧月色般白润的脸庞，对自己计划的顺利进展感到难以言喻的满足。

"好了，跟我一起回府吧。"

他一下子抓着女子的手臂放在自己肩上。女子被他拉着站起来，似乎有些犹豫，只是略微推阻一下后立刻顺从地站了起来。

在屏风外等候的人们本以为左大臣不会这么快出来，没想到不大一会儿只见他肩上搭着一个色彩斑斓的"庞然大物"、发出衣服摩挲窸窸窣窣的响亮声音走出来，这又让在场的所有人大吃一惊。搭挂在左大臣肩上的东西，仔细一瞧，原来是一个上膳①——正是这座府邸主人的"珍宝"无疑。她的右臂搭在左大臣的右肩上，整张脸深深埋在左大臣的背上，仿佛死去般地浑身发软，但总算是依靠自己的力气行走。刚才从帘子里露出来的鲜艳亮丽的衣袖、衣襟、长发互相缠绕在一起，在地板上拖行。左大臣的装束与女子的"五衣"②装束交相辉映，融为一体，带着窸窸窣窣的摩擦声，向台阶方向缓缓走去，人们立即为他们让开通道。

"帅大纳言，那我就拜领带回家了。"

"嗬！"

国经毕恭毕敬地低头致谢，又立刻站起来，嘴里嚷道"上车、上车"，自己先走下台阶，双手高高掀起车帘。时平照护着肩膀上沉重而美丽的女子，气喘吁吁地走到车旁，在随从、杂役高举的火把摇曳的亮光中，由定国、菅根等人帮忙从两边托着女子的身子，好不容易将这个"庞然大物"放进车里。

国经放下车帘的时候，说了一句："别忘了我。"

车里漆黑一团，看不见她的脸，但国经心想至少让她听到自己这一句告别的话语。不料，紧跟其后上车的时平完全挡在他的面前。

这时，就在时平紧跟夫人后面上车的时候，有一个人趁着

①上膳，这里指上膳女房。女房是侍奉于宫中或贵族宅邸里的高层侍女。在宫中称为"女官"，分等级，一般是上膳、中膳、下膳。上膳侍奉中宫，主要负责中宫的膳食、梳头、化妆、装束、娱乐等事宜。
②五衣，公卿女子的装束之一，所谓"十二单"的女房装束，在内衣与外衣之间套穿五件"袿"（衬衣、衬褂）。

人多混乱，悄悄走到车旁，拿起从帘子里露出来、垂到地上的衬袍下摆塞进去。他就是平中，不过几乎没人注意到他。当天晚上，平中心情不好，待不下去，中途离开了一会儿，大概因为看到自己过去的恋人被时平抢走而难以忍受吧。他顺手拿起一张陆奥纸，急就一首和歌：

> 无言松下岩，
>
> 岩边杜鹃自不言，
>
> 不言恋最深。[1]

　　他潦草地写在纸条上，叠成小块，突然来到左大臣的车旁，趁着把衬袍下摆塞进帘子里的时候，神不知鬼不觉地把纸条放进夫人的袖口里。

五

　　国经目送着载着夫人的时平车子在随从们的前呼后拥下离开了，这时他还能保持几分清醒的意识。然而，当车子的踪影

---

[1]此歌大意是：松树无言，岩石无言，杜鹃无言，无言者，情最深。比喻自己有口难开，自己才是真正爱恋夫人的人。

消失以后，大概因为紧张的情绪一下子松弛下来，郁结在心底的醉意突然涌了上来，国经有气无力地颓然跌坐在栏杆底下，然后直接卧倒在外廊的地板上。众女房见状，赶紧把他扶到卧室，给他脱衣服，躺进被窝，垫好枕头，可是他本人浑然不觉，酣然沉睡过去。不知道过了多长时间，他觉得脖子发冷，好像冷风飕飕地灌进被窝里，猛然睁开眼睛，寝室已经泛白，将近拂晓。国经打了个寒战，想着今天早晨怎么这么冷，自己睡在何处？这里是自己平时睡觉的寝室吗？边想边环视四周，看到的幔帐、被褥，闻到的同样香味，无疑这一切都是再熟悉不过的自己家的寝室，唯一不同的是，今天早晨是孤眠。他和世上所有的老年人一样，醒得早，一般是听到拂晓的鸡鸣声就醒过来，经常就在今天这样的微明晨曦中，仔细端详妻子安然香甜的睡相。今天，本应躺着妻子的地方，只放置着没有主人的空枕。最最主要的是，平时都是和夫人睡觉，都是激烈缠绵，手脚紧紧交叠，恨不能融为一体，而今天脖子、腋下空空荡荡，风灌进来，所以才觉得砭骨般寒冷。可是为什么今天自己的怀里没有夫人呢？她去哪里了？国经这么一想，脑子里附着一种怪异的幻影般的东西一点点浮现出来，随着晨光逐渐明亮，这个幻影呈现出越发清晰的形状占据心头。他尽可能把那幻影看作是酒醉后的一场噩梦，可是冷静地回想从昨天傍晚开始发生的整个事件的过程，回味这些记忆，无法否定，这不是梦幻，而是现实。

"赞岐……"

国经召唤应该在隔壁房间待命的侍女长。此人四十多岁，原先是夫人的乳母。随其夫赞岐介①赴任地，夫死后，投靠夫人，这几年在大纳言家侍奉。在大纳言眼里，年轻的夫人就像女儿一样，而这个赞岐乳母就像夫人的母亲，不仅夫妻之间的事情，就连家里的所有事务都和她商量。

赞岐来到他枕边，问候道："您醒了？"

国经把脸埋在睡衣的衣领里，不高兴地"嗯"了一声。

"您感觉怎么样？"

"头痛，恶心，好像我宿醉未消……"

"我去给您拿点药吧。"

"昨晚喝多了。我到底喝了多少？"

"嗯，您到底喝了多少啊……醉成那个样子，我可从来没见过。"

"是吗？醉得不成样子了啊。"国经抬起头，语气略微改变，"赞岐，今天早晨睁开眼睛，怎么就我一个人睡觉啊……"

"是的。"

"这怎么回事？夫人上哪儿去了？"

_____

①赞岐是日本律令制时代的行政区划之一，位于现在的香川县。介是官名，在国司之下。

049

"是的……"

"什么叫'是的'。究竟怎么回事？"

"您不记得昨晚的事了吗？"

"刚才想起一点儿来……夫人已经不在家里了吗？……那不是梦吗？……记得左大臣要回去，我硬是把他留下来，他就说什么筝啊马啊这些礼物都不足道，要我把最好的礼物送给他，让我不要太小气。于是，我就把比自己的生命还宝贵的那个人作为礼物送给他了……这真的不是梦吗？"

"要真的是梦就好了……"

国经忽然听见抽泣的声音，抬头一看，只见赞岐低头以袖掩面。

"这么说，还真不是梦……"

"恕我直言，不管醉成什么样子，为什么要做出那种丧失理智的事呢？"

"你别说了，如今不可挽回了。"

"不过，左大臣那个人，他真的会做出夺人爱妻之事吗？也许昨晚只是闹着玩，今天一定会把夫人还回来吧？"

"要是那样，该多好……"

"要不要派人去接……"

"这怎么行呢……"国经又把睡衣紧紧裹着脑袋，声音沙哑地含糊说道，"好了，你走吧。"

现在想起来，其实自己依然记得清清楚楚。虽然这种行为丧失理智，但自己的心态也不是不能理解。昨晚的筵席是自己报答左大臣平时热心关照之恩的绝好机会，所以肯定竭尽全力给予最高的款待。但同时，自己能力有限，惭愧万分，深知自己无论怎么努力也无法做到让左大臣心满意足，于是怀着难以抑制的自责心情——这样的薄酒便宴岂能讨他的欢心？有没有什么让他真正满心欢喜的礼物呢？——所以，左大臣那么一说，还特地叮嘱自己"不要太小气"，两人的想法一拍即合，自己打定主意只要是左大臣喜欢的东西，无论什么都可以奉献。而且，左大臣想得到什么，用不着猜，他心里有数。昨天晚上，左大臣一直不动声色地窥视帘子那边，起先还有所顾忌，后来越来越露骨，最后竟然当着自己的面明目张胆地伸直身子频送秋波……无论自己多么衰老糊涂，这种事不会察觉不出来的……

国经回忆到这儿，想起昨晚自己情感心态的微妙变化，眼看着时平做出那种令人无法容忍的行为，而自己对他的无理举动竟然奇怪地没觉得厌恶，反而感到有几分高兴。

为什么自己会高兴呢？为什么不感到嫉妒反而感觉得意？……自己早就对娶这个世间罕见的美女为妻感到幸福无比，但是，说实话，世人对我们这桩婚事漠不关心，这让我不太满意。我就想着向别人炫耀我的幸福，让别人羡慕我的快乐。所以，当我看到左大臣渴望艳羡的目光注视帘子后面的时候，我会感到极大的满足。自己已经年迈体衰，官职好不容易熬到正三位大纳言也算到头了，然而自己拥有了甚至连年轻的美男子左大臣都没有的，岂止如此，恐怕连九重宫阙的后宫也不会有这样羞花闭月的美女。自己经常这么想，为此感到自豪骄傲，无比高兴……如果仅仅如此，对谁都可以炫耀一通，其实还有一个难言的苦衷。这两三年来，生理功能逐渐下降，开始失去丈夫的资格，照此下去——如果不采取有效措施的话——那实在对不起妻子。这种心情越发强烈起来，自己拥有娇妻自然幸福，但妻子有自己这样一个年迈体衰的丈夫，其不幸与日俱增。尽管世上有很多女人为自己的悲惨命运而哭泣，不可能怜悯同情她们每个人，否则就没完没了。可是夫人不是普普通通、寻寻常常的女人，她的容貌和品德，别说左大臣，当皇后也绰绰有余，而丈夫却是个无德无能的老头儿。我起先对她的不幸极力装作视而不见，但随着对她纯洁、悲悯之心的深刻了解，就不能不反省自己霸占她的严重罪愆。我一直认为自己是天底下最幸福的男人，可是妻子又是怎么想的呢？自己对妻子不论多么疼爱珍惜，她的内心只会困惑，绝无半点感激之情。妻子平时对我的问话总是含糊回答，不知道她心里想些什么，也许怀恨我活得这么长，诅咒我的存在，巴不得我早点死去……

自从自己意识到这一点以后，就暗自盘算：如果遇到一个合适的人，可以把这个可怜的女人从不幸的人生境遇中拯救出来，让她过上真正的幸福生活，那自己就可以主动地把夫人让给他，不，是理所当然地应该让给他。反正自己余生不长，她迟早都是这样的命运，想到女人的青春和容颜不过昙花一现，所以要尽快完成这件事。如果夫人只是等待自己，那不如自己现在就去死，让她的后半生充满光明。留下挚爱的人而死去，也会在阴间继续保佑她未来的日子；自己现在是虽生犹死，却想给她的后半生带来幸福。只有这样，她才会真正理解这个老人对自己具有献身般的爱情；到那一天，她才会倾万斛之泪向这个老人表示无限的感谢。她才会以如同在故人墓前叩拜的心情，痛哭流涕地感谢这个可怜的老人对自己是何等的关怀疼爱。而自己则隐身于她看不见的地方，看着她的泪水，听着她的声音，安度余生。也许，这总比活在她的怨恨诅咒中要幸福得多。

昨天晚上看到左大臣那么执着热情的举动，在酒精的催动下，平时盘结在心中的所思所想逐渐涌现上来。他对自己的妻子是真心爱恋吗？倘若果真如此，那么自己平时的梦想或许会成真。如果自己真心实意地想将计划付诸实施，今天晚上正是绝无仅有的机会。只有这个人才有资格。无论是官职、才能、容貌、年龄，总之一切的一切，只有他最合适成为妻子的丈夫；只有他，才能给妻子带来幸福。

就在自己心里萌生这种想法的时候，左大臣对妻子开展积极的进攻，所以当机立断，两人的心愿不谋而合，自己感激万分。一是对左大臣平时的关照报恩，二是可以向可怜的妻子赎罪。想到这些，他不由得飘飘然起来。于是瞬间就毫不犹豫地做出那样的行动。当然，在这个瞬间的决断之前，他也不是没有听到自己内心的疑问：虽说知恩图报，但这样的做法合适吗？是否太过分了？……醉后妄为，酒醒以后，那就悔之莫及……你对妻子具有献身般的爱情，固然很好，可是没想到以后难忍的孤独吗？诸如此类。但是，他自我说服，强迫自己摆脱恐惧的念头：管那么多呢，以后的事情以后再说。如果相信自己做的是一件好事，那就应该借着酒劲断然实施，既然决心生如同死，孤独又有什么可怕？……于是，他终于让左大臣拉住妻子的衣袖……

现在，国经对昨天晚上自己行为的动机梳理得清清楚楚，但是并没有因此减缓忧郁的心情。他静静地把脸埋在睡衣里，沉浸在阵阵袭来的心痛之中，悔恨交加。啊，我做了一件多么轻率的事情……把自己心爱的妻子让给别人，有这样知恩图报的吗？愚不可及……要是世人知道这件事，岂不是沦为笑柄？……连左大臣也不会对我称谢，大概只会嘲讽耻笑我吧。他大概无法理解这是我出于对妻子狂热的爱情而做出的选择，而是反过来憎恨我的薄情寡义吧……实际上，像左大臣这样的人，想找美女为妻，要多少有多少。可自己一旦失去夫人，谁还会来到我这里呢？这么一想，才发现原来只有自己才最需要夫人。自己到死也不应该放弃她。……昨晚出于一时兴奋的冲动，觉得孤独并不可怕，但是今天早晨醒过来以后仅仅几个小时，就感觉难以忍受。今后这种寂寞要是一直持续下去，将如何承受这痛苦？……国经想着想着，不禁泪如泉涌。俗话说老人像小孩，八十老翁大纳言像小孩子呼唤母亲一样放声大哭。

六

妻子被人夺走后，国经经受着思念和绝望的折磨，度过三年半的岁月。笔者将在后面讲述滋干的时候详细解说他的情况。现在暂且转向讲述那天晚上将"无言松下岩"和歌塞进夫人衣袖里的平中的故事。

平中虽然没有像国经那样苦不堪言，却也品尝着与国经差不多的苦涩滋味。说起这件事的起因，还是因为他在去年冬天的一个晚上去左大臣宅邸拜访，左大臣向他打听夫人的种种情况，他疏忽大意，同时自鸣得意地把什么事情都说出来。现在想起来，他谁也不恨，只恨自己无脑。他高傲自负地以为"自己才是当代最了不起的情场高手"，轻浮轻佻，经常受到时平的吹捧恭维，便得意扬扬地把自己的一切都坦白出来。当然，如果预想到时平会做出那样出格的事情，他事前应该不会和盘托出。虽然他也曾担心精于勾引人妻的左大臣说不定会调戏夫人，可是又觉得左大臣是朝廷重臣，与自己这样的小官格调不同，不至于轻率地夜游，更不会随便去别人家里，闯入夫人的深闺。那个夫人只是左兵卫佐[①]一个人的快乐，于是放下心来，却万万没有料到，左大臣竟然在众目睽睽之下公然抢走人妻。在他看来，妻子瞒着丈夫，丈夫瞒着妻子，千方百计地设法幽会，共度惊险的时刻，享受这种朝思暮想苦闷激情的欢乐，才是风流韵事的情趣所在。而利用自己的权势地位，横刀夺爱，这是明目张胆的野蛮行为，根本不值得炫耀。左大臣的所作所为严重践踏、蹂躏了别人的体面和世间的规矩，不仅仅是旁若无人的行为，也违背了"色界"中重视朋友的仁义之道，所以他根本就没有资格在情场混迹。这么一想，平中就觉得堵着一块不愉快的心结。平中觉得，虽说自己有点慵懒，女人之所以喜欢自己，是因为洒脱超逸，从容不迫，待人亲切，不拘小节，而时平的所作所为没有先例，令人愤愤不平。

前面说过，平中对夫人的感情比一般的偷情要深，如果继续保持下去，也许会发展成更深的关系。不过，他对那个一本正经的老好人大纳言产生了恻隐之心，不愿意继续做出罪过的事情，因此尽量忘记她、疏远她。时平当然不知道平中的真意，但因为时平，平中的一片苦心付诸东流。平中所说的"罪

---

①左兵卫佐，即平中。

过"，最多只是和夫人幽会，共度几个小时的欢乐时光；而时平则通过小恩小惠，在把老人灌醉迷迷糊糊的情况下，轻而易举地攫取他的妻子，占为己有。平中的做法和时平的做法哪一种对老人更加残酷，不言自明。平中对旧日恋人被劫到自己无法企及的贵人身边，感到无法释怀的愤懑。老大纳言的内心创伤不幸不是那么容易治愈的。老人之所以会蒙受灾难，其根源就是因为平中对时平说了那些蠢话。陷老人于不幸的罪魁祸首正是自己，而老人对此一无所知，真不知道如何向他赔礼道歉。

人是自私的，虽然平中觉得老人比自己更加可怜，但吃哑巴亏的是自己，所以恨得咬牙切齿。他由于自己的心理变化，对夫人有所疏远，但并没有失去兴趣，其实内心深处依然惦记着她。直截了当地说，平中是暂时忘掉她，一旦知道时平对她怀有好奇心时，刚刚丧失的兴趣便满怀恶毒地猛然间一下子复活了。去年与时平谈话的那个晚上以后，平中就注意到时平突然开始与伯父大纳言频繁接触，讨其欢心，他怀着不安的心情观察时平的行为，密切地关注事情的进展，暗中猜测其意图。正在这节骨眼上，时平提出宴席的话题，并且命令自己跟随前往。

那天晚上，平中应该有所预感，总觉得今晚会有大事发生，所以从一开始就心情郁闷。他感觉左大臣一定要自己参加宴席，其中必有隐情。宴会开始以后，酒喝得很凶，左大臣及其手下使劲给老人劝酒，将其灌醉。其间，左大臣频频对帘子里面的夫人眉目传情，又对平中莫名其妙地讽刺挖苦，这更让平中忐忑不安。他看着时平像捣蛋鬼一样目光炯炯，灯光映照着烂醉的容颜，大喊大叫，大唱大笑，心想巨大的危险正向帘子里的夫人逼近，于是对夫人的爱情就像昔日那样强烈地逐渐复苏。当时平闯入帘子里面的时候，平中目不忍睹，慌忙离座出去。后来，当夫人被带到车上即将离去时，平中实在坐立不安，急忙跑到车旁，不顾一切地将那首和歌塞进车里。

那天夜里，平中和随从一起跟着车子，陪同左大臣回到宅邸，然后在深夜的街道上踽踽而行，有气无力地回到自己家里。这一路上，他每走一步，都增添一分对夫人的思恋之情。当车子抵达本院宅邸，夫人下车的时候，平中本想看一眼，可惜这个愿望也完全落空，从此天人永隔，永无相会之日，于是更加燃起恋恋不舍的爱情之火。自己对她还依然那样热恋如初吗？自己对她的热情为什么无法消失？平中对自己的恋火都觉得惊讶。可能由于夫人已经成为平中可望而不可即的对象，才撩拨起他心中的思慕之火。就是说，如果夫人还是大纳言的妻子，自己随时都可以和她旧情复燃，如今却绝无可能。这也许是造成平中无比懊恼怨恨的原因吧。

顺便说一下，前文记述平中的和歌"无言松下岩"收录在

《古今集》里，作者为"无名氏"，但首句不是"无言松下岩"，而是"思念常磐山"。另外，《十训抄》①收录这首和歌的作者是国经，其文曰：

> 时平公骄慢之人也，其伯父国经大纳言之室系在原栋梁之女，骗其为己妻，为敦忠卿之母。国经卿哀叹，却惮于世人之口，力所不及也。

> 思念常磐山，
> 岩边杜鹃自不言，
> 不言恋最深。

> 此歌乃国经卿所咏。

的确，就和歌而言，"思念常磐山"比"无言松下岩"格调更高，如果认为是国经老人作品的话，其悲怨尤显哀深。不过，探讨这个问题已超出本小说的范畴，作者就二人皆可吧。正如上面所述，时平利用阴谋手段夺走夫人在原氏，当然第二天早上不会让她回到大纳言那里。他将夫人安置在事先已经准备好

---

① 镰仓中期的故事集，编者不详，共三卷。收录中国等说教劝谕性的故事二百八十多篇。

的正殿最里头的一间屋子里，备加宠爱。第二年就生下后来成为权中纳言的男孩敦忠，于是世人也尊称夫人为"本院夫人"。性格懦弱的国经对此也无可奈何，据《今昔物语》记载，他"嫉妒、懊悔、悲伤、眷恋。世人皆以为乃出于自愿，然内心焦思苦恋"，无奈度日。平中尤其不肯善罢甘休，胆大包天地依然对如今已是左大臣妻子的夫人伺机暗通款曲。据《后撰集》①卷十一《恋》三之部记载："此女在大纳言国经朝臣家时，（平中）频繁潜入幽会，互诉衷情，永结同心。不意忽被赠予太政大臣（时平），（平中）连书函都无法传递。此女有一男孩，年仅五岁，在本院西配殿玩耍时，平中在其手臂上写下和歌，嘱其与母视之。平定文。"

《后撰集》收有这样一首和歌：

　　昔时誓约竟可悲，

　　如何山盟结苦果？

这是平中和歌的确凿证据，在这首和歌的后面，还收录一首《答歌·无名氏》：

①《后撰和歌集》，奉村上天皇之命编撰的和歌集，也是第二部敕撰集。成书于平安中期，共20卷，收录1400首和歌。

醒时誓约与何人?

　　梦中迷途我非我。

　　不难想象，由于夫人与国经、平中有过千丝万缕的关系，时平对这位新夫人监视甚严，毫不松懈，不许任何人接近。平中不愧是情场高手，竟然能躲过警卫的眼睛，让幼童给自己传递书简。这个幼童，《十训抄》说是"此女之公子，年仅五岁"，《世继物语》说是"写于公子之腕"。他是夫人在原氏和国经所生的男孩，即后来的少将滋干。唯有这个孩子，在母亲被带到本院以后，允许他可以在乳母的陪同下自由出入，因此对他无人戒备。平中细心周到，早就注意到这个孩子，于是巧妙地和他接近。一天，平中看见他来到本院，在母亲居住的正殿的西配殿玩耍，便立即通过孩子传递。平中想方设法接近夫人，只要有空，就在这附近转来转去观察情况。他之所以把和歌写在孩子的手臂上，大概是临时找不到纸，或者因为写在纸上反而容易丢失。夫人看到孩子的手臂上写着昔日情人的和歌，伤心痛哭，将手臂上的字擦掉，重新写上"醒时誓约与何人"的答歌，让孩子"给那个人看"，自己则慌忙躲藏到幔帐后面。

　　平中用这种方法与如今备受左大臣宠爱的夫人重新联系，而且看来不止一两次。《大和物语》收有这样一首和歌：

昔时不知今日缘，

山盟海誓君犹记？^①

　　夫人好像写了答歌，可惜未能流传下来。两人虽然数次传书递简，却不能见面。平中逐渐失望，死了心，与夫人的关系很快就无果而终。然而，这个好色之徒从来不甘寂寞，他又开始追求过去的另一个恋人——侍从君。侍从君是左大臣家里的女房，同样住在本院。既然夫人那边没有指望，平中也不想空手而归，弄得灰头土脸，一无所获，颜面尽失。他大概心想，对这个侍从君本来就不讨厌，倒不如趁此机会弄到手，否则显得自己太无能了。但是，侍从君先前就三番两次地捉弄过他，现在更不会轻易喜欢他。如果当时平中被捉弄还依然始终如一地穷追不舍，热情不减，肯定会通过考验，赢得欢心。结果平中半途而废，入了邪道，惹得侍从君满心不高兴，现在更闹起了别扭。无论平中怎么解释，她都不理不睬，冷若冰霜。

　　恋人被别人夺走，又被另一个恋人断然拒绝，平中这情场杀手的面子何在？于是他忍气吞声地哀求侍从君，这期间的具体过程，本文不再赘述。读者不难想象，这个喜欢折磨男人、具有强烈自尊心的侍从君会像从前那样甚至比以前更苛刻地考

<hr>

①意为：当年我不知道你有后来嫁给高官的姻缘，如今还能记起来我们过去的誓言吗？

验平中，而平中也以顽强忍耐的毅力一次次经受考验，使她的自尊心得到极大的满足，最后终于获得她的同意。平中如愿以偿，得以享受与这个长期恋慕的对象幽会偷欢的乐趣。但是，侍从君折磨男人的毛病始终不改，动不动就别出心裁地想出各种恶作剧，欺负平中，看着未能达到目的而垂头丧气离去的男人，她在背后又吐舌头又做鬼脸，三次中肯定有一次这样。平中为此也恼怒发火，背地里骂她"浑蛋！可恶！欺负人！"。可是，他还总是留恋这个女人，怎么也不肯舍弃，虽然几次决心一刀两断，却每次都经不住她的诱惑，《今昔物语》《宇治拾遗物语》①记载的那一段著名的逸事大概就发生在这个时候。据说现在已故的芥川龙之介在他的著述中已有介绍，许多读者已经了解。不过，为尚未读过此书的读者了解起见，我再次述其概要：

平中为了使自己厌恶侍从君，想寻找她身上的缺点。尽管她是完美无缺的美女，但如果能证明她不过是一个普普通通的人，就会从耽溺痴恋的迷梦中惊醒。思来想去，觉得这个女人虽然花容月貌，可是她的排泄物应该和我们一样吧，都是脏东西，要是想办法能偷到她的"虎子"（便器），看看里面的东西，那张美丽的脸庞竟然也排出如此污秽肮脏的东西，肯定会让自己反感。

①《宇治拾遗物语》，古典故事集。作者不详。成书于十三世纪。共15卷，收有中国、印度、日本等197篇故事。

顺便说一下，笔者当时不知道"虎子"为何物，《今昔物语》只是说"筥"（盒），《宇治拾遗物语》说是"皮笼"（皮盒），所以一般理解为"皮做的盒子"吧。到了一定地位的女房，在皮盒里解手后，让女仆倒掉。平中便到女房的房间附近，躲藏在暗处，等待女仆出来。一天，一个年方十七八岁姿容可爱的姑娘出来，身穿瞿麦染①的薄衬袍，深色的裤裙随随便便地提上去，头发垂到衬袍的两三寸上方，手里拿着淡红色布包裹的皮盒，还用带有绘画的红纸扇遮挡着。平中悄悄跟在她后面，来到没人的地方时，突然跑上前去，把手伸到盒子上。

"哎呀！你这是干什么？"

"把这……把这给我……"

"什么！这给你……"

"好了，我知道，快给我吧！"

女仆目瞪口呆，平中一把夺过皮盒，一溜烟跑走了。

平中像抱着一件宝贝似的将盒子放在袖子里跑回家中，关在房间里，确定周围没有别人，首先恭恭敬敬地把盒子放在榻榻米上，左看右看，想到这是自己深爱的人使用的容器，觉得现在立刻打开未免太不爱惜，于是再仔仔细细地端详，发现这不是普通的皮盒，外面涂着金漆，十分豪华。他又把皮盒重新

---

①瞿麦染，红梅色面、蓝色里的衬袍。

拿在手里，上面看，下面看，转着看，还掂量有多重。然后小心翼翼地打开盖子，一股丁香花般馥郁的香气扑鼻而来。他觉得不可思议，往里面一看，只见底部积淀着茶色的液体，大拇指粗细、两三寸长的黑黄色固体有三截圆圆地盘旋在一起，散发出与普通污秽物截然不同的香气。平中用一根小木棍挑起来一点，放到鼻尖一闻，与黑方熏香一模一样——是沉香、丁香、贝香、檀香、麝香等混合的芳香。

《今昔物语》是这样记述的："（木棍）刺入其中，置鼻尖嗅之，有一种馥郁的黑方芳香，妙不可言。实出乎意外，乃世人所未有。见之，对此人尤感亲切恋慕，狂热于心。"就是说，平中本想找到侍从君乃一介凡人的证据以便离开她，不料适得其反，根本没有产生任何厌恶的心情。可是，平中觉得这太神乎其神了，便把皮盒拿到面前，喝了一小口里面的液体。怪了，这液体也充满浓郁的丁香味。他又用木棍挑出一点固体，放在舌头上，味道苦中微甜。再仔细品尝琢磨，那尿一样的液体，像是丁香煮出来的汤汁；那粪便一样的固体，像是山草蕨和混合香料在甜葛汁里熬制后凝固，再放进大笔筒里压制成型的东西。不过，平中这时已经明白其中的奥妙，看透其巧妙的用心，在"虎子"上如此独具匠心，周密设计，就是为了让男人神魂颠倒。说起来，这个女人何等工于心计，精于世故，果然不是寻常之人。这使得平中对她更加迷恋不已，难以割舍。

一旦不走运，那就到处碰壁，凡事都不顺利。自从平中闻了侍从君的"虎子"味道以后，他在情场上就再也没有成功过，屡屡失败。而侍从君越发傲慢残忍，他越是热情如火，她就越是冷若冰霜，每每到了关键时刻，往往被她一脚踢开，可怜的平中苦恼郁闷，终于一病不起，郁郁而终。——《今昔物语》说"平中沉迷此人，不见不行，遂积忧成疾，郁郁而终"。不过，此处不可遗漏的一个情节是：据《十训抄》记载，侍从君原本是平中的女人，也被时平插手夺走。不过，按照笔者的想象，侍从君本来就是在本院服侍的女房，恐怕早就是时平的女人了，或者平中不知其情，或者明知其情，却依然结成这种三角关系。如此说来，所谓"虎子"一事不过是侍从君对平中各种捉弄欺凌之一种，也许背后是左大臣出谋划策的操纵。倘若如此，可以说是时平谋害了平中。

七

笔者前面提到平中殁于延长元年或六年，确切时间不详。笔者采用《今昔物语》的说法，认为侍从君导致平中病入沉疴，觉得平中比时平早死。可是从《后撰集》的和歌前言来看，似乎平中活得更长。好了，他们的寿命孰长孰短姑且不论，时平夺走夫人四五年之后的延喜九年四月四日故去，年仅三十九岁，这是确凿无疑的。

人们认为，左大臣富有才华，却英年早逝，主要还是业障深重，恶有恶报。其中最大的报应就是菅公的冤魂作祟，菅公于延喜三年二月二十五日殁于被发配之地竹紫，而与时平一起上书进谗的右大将大纳言定国于延喜六年七月二日死去；延喜八年十月七日，与时平一伙的参议式部大辅菅根死去，时年五十三岁。菅根是被化为雷神的菅公亡灵劈死的，菅公死后化为雷神报复生前的仇敌。以下简单介绍一下时平及其家族与这起怪异事件的关系：

菅公第一次显灵是在他死去的那年夏天，一个皓月清辉的夜晚，五更已过，天色尚未完全明亮，正是延历寺第十三世座主法性房尊意在四明岳①峰顶冥想三密②之时，忽闻中门有敲门之声，开门一看，原来是已经死去的菅丞相站在门外。尊意心头慌张，却不动声色，恭恭敬敬地请他进入持佛堂，询问："深夜光临，不知有何见教。"丞相之亡魂回答道："不幸生逢浊世，招人无辜谗陷，蒙左迁流放之冤。为报此仇，化为雷神，飞翔于都城上空，逼近于宫阙銮殿，此时既已得到梵天、四王、阎王、帝释、五道冥官、司令、司录等之许可，所以无所忌惮。

①四明岳，比睿山的西面山峰。天台宗圣地。其名源于宁波的四明山。
②三密，密宗用语。指身口意三密。

067

只是高僧法术无边，深恐为高僧所镇服，请看在多年与檀家的密切关系上，即便朝廷宣诏，也请万不可从命。我特地从筑紫前来拜访，专为恳求此事。"

尊意回答道："诚如所言，自古以来，贤人遭小人陷害蒙祸者不少，非阁下一人之命运如此。只因世间无道，故而报仇雪恨，请阁下抛弃这种浅薄之念。阁下与贫僧情谊久深，既特地前来求托，自当万死不辞，拒接宣诏。然天下皆王土，贫僧亦为王民，倘若数次宣诏，贫僧可拒绝两次，第三次只好从命了。"

丞相听罢，脸色大变，凶相毕露。尊意说："可能您口渴了吧。"拿出石榴招待。丞相抓起一个石榴，塞进嘴里，嘎吱嘎吱使劲咬碎，然后啐地吐在门板上，立即变成一道火龙燃烧起来。尊意祭出洒水手印，很快将火熄灭。

不多时，洛中①上空乌云密布，电闪雷鸣，风雨交加，冰雹遍地，宫中到处落雷。满朝文武战战兢兢，惊恐万分，有的爬到地板下面，有的躲到箱子里面，有的口念普门品，唯有时平一人毅然屹立，拔剑在手，怒向天庭，斥责雷霆。然而，风雨依然不止，遂造成鸭川②洪水泛滥。皇上三次宣诏法性房尊意，尊意只好遵命，进宫施法，镇服雷电，解除皇上之忧。据说，当尊意的车子经过鸭川岸边时，洪水纷纷后退。尊意在宫

---

① 洛中，京城内。
② 鸭川，流经京都府、京都市的河流，属于淀川水系。

中进行加持做祈祷时，皇上梦见不动明王在火焰中高声念咒，睁眼一看，原来是尊意在诵经。

可能由于尊意多次施法失效的缘故，五年之后，延喜八年十月，菅根大臣被雷击死。延喜九年三月开始，时平大概过于劳累，卧床不起。菅丞相的幽灵经常出现在他的枕边，念叨咒语，也请来阴阳师、医生，施行种种法事、治疗、针灸等，不见好转，似乎只有等死了。家人门人悲伤欲绝，束手无策，最后决定聘请德高望重的圣僧、名满天下的净藏法师施展法术。

这位净藏法师，在过去昌泰三年菅公和右大臣时平争权夺利的时候，就给菅公写了一封信，其中有一句话"离朱①之明亦不能视睫上之尘，仲尼之智亦不能知箧中之物"，暗喻他明年必逢灾遇祸，应及早辞官保身。这位净藏法师是文章博士三善清行的第八子，其母是弘仁天皇的孙女，自幼聪颖，四岁能读千字文，七岁欲出家，十二岁被宇多上皇看中，成为上皇的佛法弟子。后来奉上皇之命，上比睿山登坛受戒，随玄昭律师学习密宗。此人天生多才多艺，显密二宗自不待言，还精通十几种学问技艺，如医道、天文、悉昙（梵文）、相面、管弦、文章、卜筮、占卦、水文、绘画、祈祷、诵经等。据说音律方面造诣精深，无人与之比肩。

①离朱，中国上古时期的传说人物。据云"能视于百步之外，见秋毫之末"，"察针末于百步之外"。黄帝登昆仑之丘，丢失玄珠，命其寻找。

在左大臣家人的恳请下，净藏法师前往时平宅邸，见时平已经死相毕现，便判断定业难免，无论施行什么样的法术，都难逃一死。在病人和家人的一再乞求下，法师还是尽力进行加持祈祷。恰巧此时净藏的父亲清行前来探望病人，坐在时平枕边，净藏专心致志地诵经祈祷，这时从病人的左右两边耳朵吐出口喷火焰的青龙，对清行说道："鄙人生前未听从阁下劝告，才遭此左迁之厄运，流放竹紫，郁郁而终。如今已得到梵天和帝释天的允许，化为雷神，对陷害者实施报仇。然而，令郎净藏以法术阻碍我报仇，试图降服我，实在出乎意料。还请阁下制止净藏法师的行为。"

清行听罢，大为震惊恐惧，即刻命令净藏停止祈祷，但是当净藏离开房间后，时平立即咽气。

宇多上皇听说他的佛法弟子净藏在左大臣宅邸进行加持祈祷没有坚持到最后，而是中途退出，很不高兴。净藏深刻反省皇上对自己的责备，隐居横川的首楞严院三年，每日修炼苦行。但世人都认为时平之死是他作恶多端，罪该当死，无人同情。然而，遭受报应的不止时平一人，还祸及子孙。他的三个儿子中，长子八条大将保忠于承平六年七月十四日死去，时年四十七岁；三子中纳言敦忠——即新夫人在原氏所生、时平的晚年之子，于天庆六年三月七日死去，时年三十八岁。按说保忠活到四十七岁，在那个时代不算短命，但实际上是由于营公幽灵作祟，心里郁闷，才卧病床榻。请来修验道的法师进行加持祈祷，诵读《药师经》，其中有"宫毗罗大将"一词，因发音相似，病人听成"缢死汝"，气绝身亡。这样说来，不能算是寿终正寝。另外，当上宇多上皇的女御①的京极御息所②也是短命而终。还有一个女儿仁善子③，与醍醐天皇的皇太子保明亲王生有康赖王，就是时平的外孙，在保明亲王死后不久立为皇太子，但在延长三年六月十八日夭折，年仅五岁。只有次子富小路右大臣显忠是个例外，于康保二年四月二十四日以六十八岁高龄逝去。此人心地善良，敬畏菅公的亡灵，每天夜里都到庭院礼拜天神。同时生活严谨，勤俭节约，居大臣之位六年之久，无论居家还是在外，从不摆大臣之威风做派；外出时，极少前呼后拥，随从不超过四人，而且总是坐在车子后面的座位；④吃饭不用奢华器皿，只使用素陶器，没有餐台，放在食盘上直接置于榻榻米上；洗脸洗手从来不用注水容器，只是在宅邸的台阶前两柱之间搭一个栅栏，里面放置小桶，有一柄勺，每天早晨杂役只要将热水倒进桶里就可以，洗手的时候自己用勺子舀水，不麻烦别人。这样道德品行之人，官至右大臣，后来被授予正二位。其孙辈中，三井寺的心誉、兴福寺的扶公等，入佛门者均平安无事，升至大增都、权僧正的高位。另外，敦忠中纳言之子右兵卫佐佐理以及佐佐理之子若仓的菩提房文庆等，也都皈依佛门，而免遭灾祸。总之，昭宣公只是他的长子时平家道中落，后裔衰败，他的四子忠平后来不仅担任从一位摄政关白太政大臣，而且家族皆飞黄腾达，官位显赫。据说菅公左迁之时，时任右大弁的忠平暗中同情菅公，不与兄长时平沆瀣一气，而是不断地给菅公的流放地通风报信，从而结下友谊。

时平的三子敦忠是三十六歌仙之一，人称"本院中纳言""琵琶中纳言""土御门中纳言"等，以其作品"个中滋味幽会后"[①]被《百人一首》收录而著称。正如《今昔物语》所说："此权中纳言乃本院大臣之妻在原夫人所生也。年方四十，清隽优雅，品行端正，世人口碑载道。"他与时平不同，温文尔雅，和善待人，继承外曾祖父业平的血统，也是一个多愁善感、感情丰富的诗人。但是，据《百人一首一夕话》[②]说，夫人在原氏从国经宅邸被劫走的时候，肚里就已经怀上了敦忠。如此说来，敦忠乃国经的骨血，只不过是夫人在本院里生出来的，所以视为时平之子抚养成人。如果真是如此，敦忠就是少将滋干的胞弟，

[①]此歌"个中滋味幽会后，往昔思恋若无有"，大意是：只有在真正幽会以后才能体会到那种苦恼岑寂的欢乐，相比之下，过去尚未见面时的那种思恋心情根本不算回事。
[②]《百人一首一夕话》，江户时代学者尾崎雅嘉著述的《百人一首》解说书。

但《百人一首一夕话》的论断有何依据，笔者不知其详，或许不过是当时世间的传闻罢了。

敦忠于天庆六年英年早逝，每当宫中举办管弦游艺会，博雅三位总是不可或缺地认为，如果他不在，当天的游艺会就取消。老人们都感叹道，如今世间已无管弦高手，敦忠中纳言在世时，博雅三位才受到那样的重用。由此可见，人们对敦忠的去世倍感惋惜，缅怀他不仅是和歌俊才，也精通管弦音律之道。

参议藤原玄上之女，升为皇太子保明亲王的御息所，还是在敦忠任左近少将的时候，曾为他们的幽会传书递简，安排时间。由于这个关系，当保明亲王引退后，御息所就嫁给了敦忠。敦忠对这位夫人无比疼爱。一天，敦忠对夫人说道："我家族皆短命，我也活不长。我死之后，你会嫁给那位文范吧？"

文范是民部卿播磨守，曾是敦忠的家臣。御息所回答道："这怎么可能呢？"

"不，一定是这样的。我在天上看着你们呢。"

敦忠死后，果然不出其所料。

时平的子孙们害怕天神作祟，心惊肉跳，惶惶不可终日，敦忠从其兄长保忠之死就已经明白，自己也不能终享天年，命该如此，早已死心了。

除上述御息所外，敦忠还有几位相好。今天读《敦忠集》，大部分是恋歌，其中和斋宫雅子内亲王①的赠答歌居多，可以想象两人的交往时间很长。《后撰集》卷十三《恋》五之部收有敦忠为雅子内亲王去伊势担任斋宫②时写的和歌，附有序言。

西四条前斋宫③未嫁之时，心有所恋，不意卜为斋宫。翌日，（和歌）系于榊枝奉上。

伊势海滨千寻长，
如今安有贝壳捡？④

另外，他对小野宫左大臣实赖的女儿仰慕已久，称她为"御匣殿别当⑤"，却始终没有见面的机会。一年的除夕，写了一首和歌送给她。

①雅子内亲王，醍醐天皇的第十女。与敦忠热恋，但因担任伊势神宫的斋宫，未能结合。斋宫退职后，下嫁给右大臣藤原师辅。
②斋宫，伊势神宫举行祭典时，由宫中派遣未婚的内亲王（公主）前去统管神宫的全部事务，称为斋宫。
③指斋宫雅子内亲王。宫中通过占卜的方式选定担任斋宫的内亲王。这是雅子内亲王被选定以后的第二天，敦忠将和歌系在榊（一般指杨桐）枝上送给她。榊枝常用于神事活动，同时是常绿树，比喻不变心。
④此歌以"贝壳"比喻雅子内亲王。既然已经卜定雅子内亲王要去伊势神宫担任斋宫，纵然我多么眷恋，遍寻宽广的海滨，也找不到"贝壳"，还有什么意义呢？日文中"贝"与"甲斐"（人生意义、价值）谐音。
⑤御匣殿，在后宫管理天皇服装的部门。别当，这个部门的女官之首。因为能够与天皇直接接触，有的能升为女御。

思念不觉岁月长，

闻道今年今日终。

　　女子的父亲察觉出来，更不许两人相见。接着，敦忠又写了一首送给她。

满腔情愫何以诉？

无须传书见君面。

　　还有一个是季绳少将的女儿，名叫右近。她在宫中侍奉时就与敦忠有交往，后来她回到家乡，敦忠就和她断绝来往。女子寄歌给他：

誓言莫相忘，

闻说人犹在。

当年甜如蜜，

如今安在哉？①

　　但是，敦忠还是没有回复，于是女子给他送去一只雉鸡，

---

①此歌大意为：宫中有人来访，我问她"中纳言还经常进宫吗？"她说"常来"。当年离开宫中的时候，你甜言蜜语对我说"绝不会忘记你"。说这话的人现在依然进宫，而你说的话怎么不算数呢？

附上一首和歌：

> 雉鸡晨飞栗驹山，
>
> 小心莫遇狩猎者。①

此外，敦忠还有一个女子，是参议源等的女儿，即自己的长子助信的母亲。《敦忠集》中还有称为"长夫人""佐理母君"的女人，不知道是上述女子呢，还是另外的人。佐理是他的次子，不是与行成、道风并列的那个书法家佐理。据《敦忠集》记载，佐理的母亲生下佐理后死去，孩子寄养在叔母那里，幼名"吾妻"。二岁时，敦忠前去看他，不禁悲从中来，泪如泉涌，吟歌道：

> 衷肠未尽人已去，
>
> 遗我吾妻尤可怜。

这个"吾妻"佐理后来出家，上文已有记述。

---

① 此歌大意为：栗驹山在今天的宇治市，古时候是狩猎的地方。雉鸡早晨在栗驹山飞起，应该格外小心狩猎者。这里的"狩猎者"暗喻敦忠，在这个猎色的场所，被人射中，深受其害。

八

前面大体介绍了平中、时平及其子孙们后来的情况，那么，那个可怜的老大纳言和他的夫人在原氏之间怀上的孩子滋干后来的情况又是怎样的呢？

除滋干外，国经还有三个儿子，按尊卑辈分顺序排列的话，长子滋干，次子世光，三子忠干，四子保命。其中忠干的母亲不是在原氏，而是伊豫守未并的女儿，这一门好像后裔绵延，但世光和保命无后，而且他们的母亲究竟是谁，也不得而知。如果在发生劫持夫人事件的时候，滋干五岁的话，那他就是老大纳言七十二三岁时生的孩子，在国经此后八十一岁去世的两三年间，难道他又和别的女人生了三个孩子吗？也许尊卑辈分的排列出了问题，没有严格按照顺序，这样一来，世光以下三人，有的比滋干年长，有的是差不多同时出生的庶子。如此说来，国经在和相差五十岁的在原氏结婚之前，已经有妻子了吗？那妻子没有生育吗？这种种疑团，现在也无法解开。还有，按照尊卑辈分，滋干拥有从五位上左近少将的官衔，生有亮明、正明、忠明三子，但这些孩子的母亲究竟是谁，也无法

077

查考。而且这三个儿子均无后。另外，《公卿补任》①里找不到滋干的名字，不知道他什么时候位居从五位，什么时候担任左近少将，连生卒年月日都无从知道。尊卑辈分家谱之外，只有《大和物语》有零星的记载：

有女给滋干少将写和歌：

殉情何惜命。

如若有人相询问，

请答"已不在"。

少将的答歌道：

我来陪遗骸。

命如朝露倏忽消，

当年共盟誓。

《后撰集》卷十二《恋》三之部对藤原滋干有这样的记载：

（滋干）夜会女子，翌日必以和歌让其誓言今后继

---

①《公卿补任》，记录从神武天皇到明治元年（1868）大臣至参议所有从三位以上公卿名字的职员录，按官职大小排列，并记录有兼任、升迁、辞职等情况。

续相会。

对神发誓言，

神圣不可抗。

这些和歌都是读者所熟悉的，此外还有一般读者很少阅读的，如遒古阁文库收藏的《滋干日记》抄本。这是残本，除了遒古阁版本外，似乎还有两三种抄本。但是，都不是全本，大概是天庆五年春天开始，前后七八年断断续续地抄写，所以只留下部分内容。但几乎都是表现恋母之情的内容。

读者已经知道，滋干的生母也是敦忠的生母。那么，这位母亲寿命多长呢？我们从《拾遗集》卷五《贺》部收录的源公忠那首"千秋万代葆昌盛"①和歌的序言得知，权中纳言敦忠曾为母亲举办过贺宴，推定这是庆贺母亲的五十岁诞辰。但是，从《滋干日记》来看，敦忠死后第二年，即天庆七年，这位母亲还健在。这时距她的第二任丈夫太政大臣时平去世已经过去了三十五年的岁月，当时她应该是六十岁左右，而滋干是四十四五岁。滋干到这个岁数依然念念不忘母亲，时常亲切地回忆母亲的面容，应该是有其原因的。过去，在发生那起事件

①此歌为：千秋万代葆昌盛，慈母思子情无限。

的时候，滋干是一个五六岁的幼童，所以被允许自由出入本院的宅邸；可是从七八岁开始，他就受到世间各种规矩的制约，似乎不能随便进出本院了。后来，他听说母亲健在，但没有机会和母亲相见。如果根本就没见过母亲的面，那另当别论，可是在他年幼天真单纯时候对母亲的印象模模糊糊地留在记忆里，而且母亲不久嫁给了别的男人，这让他产生极其强烈的思母恋母之情。何况母亲又是绝世美女；又何况在他刚刚懂事的时候，到已为他人之妻的母亲身边玩耍，而母亲还在他的手腕上写和歌；更何况他得知母亲依然在世的消息。这样想来，《滋干日记》中的文字充满难以抑制的强烈恋母之情完全合情合理。现在我们看到的只是部分片段，相信其他部分也一定都是对母亲的憧憬思念。也许，滋干在四十二三岁以后，对母亲的思恋越发强烈执着，觉得他是生来第一次用笔记录下自己的感受。这本书说是日记；当然也是日记，可是从幼年时与母生离、与父死别的悲惨回忆写起，一直写到四十年后、天庆某年的一个春天傍晚去西坂本寻找故去的敦忠山庄遗址时与母亲不期而遇的过程，也可以说是一篇小说。

按照日记想象的话，滋干对母亲的回忆似乎从四岁开始，一点一点地残存下来，起初极其模糊朦胧，淡如薄雾云烟。关于那天夜里发生的——无论对自己对父亲都是终生难忘的——母亲被本院大臣带走的大事件，他毫无记忆。只是后来不记得什么时候听人说，母亲已经不在这个家里了，才突然悲怆地号啕大哭。那么，是谁告诉他的呢？大概不是那个侍女长赞岐就是乳母卫门。当时，他每天晚上都被乳母抱在怀里睡觉。乳母大概对他总是叫唤母亲的名字哭闹感到束手无策，便哄他说：

"好了好了，乖乖睡觉吧。妈妈现在不在这里，就在不远的地方。你听话，就带你去妈妈那里。"

滋干兴高采烈，问道："那什么时候？"

"过几天吧。"

"真的吗？"

"当然是真的。"

"真的吗？真的吗？——不会骗我吧。"

每天晚上滋干都是重复着和乳母这样的对话才入睡的。乳母嘴上这么说，不过是哄孩子的宽心话，其实幼小的孩子在心里也有所怀疑。不过，乳母对赞岐谈起了这件事，一天，赞岐真的拉着滋干的手把他带到母亲那里去。然而，幼童的记忆实在靠不住，连这么重要的日子都没有印象，想不起来。他的记忆就像旧电影胶片那样的图像，断断续续，前后不连贯，一个个片断，有的地方模糊不清，有的地方稀奇古怪。在这些图像中，今天能比较清晰回忆出来的只是自己无聊地蹲在本院宅邸的回廊栏杆下观看庭院花草景观的模样。

他知道母亲就住在回廊那头的寝殿里，他在这里等待着与母亲见面。每次都要等很长时间，赞岐才从里面出来，对自己招手，可以进去了。母亲极少在外面的房间，总是坐在正屋最里面的房间里，垂帘端坐。他一进去，母亲就把他抱在膝盖上，抚摩他的脑袋，亲他的脸颊。

"母亲。"

"好儿子。"

然后把他紧紧抱在怀里。但是，母亲对自己亲切说话，也就这么两三句，没有更多的谈心，大概是因为自己年龄还小、理解力不够的缘故吧。见到母亲很不容易，所以他想把母亲的模样牢牢记在心间。当母亲抱着自己的时候，他总是向后仰身想看母亲的脸，可是房间黑暗，而且从额头垂下的浓密的头发遮盖她的脸庞，如同拜谒佛龛里的佛像一样，不能看得真真切切。听女房们说母亲的姿容美艳绝伦，世所罕见，他心想漂亮究竟是什么样的脸蛋呢？真的能让自己信服吗？但是，母亲的衣服总有一种特殊的熏香，芳醇甘美，所以被母亲静静地抱在怀里的感觉非常舒服。回家以后，香气沁入手掌、衣袖，余芳润泽，两三天不散，仿佛母亲就附在自己身上。

小时候唯一觉得母亲美貌的就是平中在他的手臂上写和歌的那一次。记得那是红梅开始绽放的春日下午，他正和两三个女童在西配殿游廊附近玩耍，一个男人笑眯眯地走到他身边，说道："喂……见到母亲了吗？"

说着，他把手放在自己肩上。

自己想回答"还没有……"可不知道这样回答好不好，只是默不作声地抬头看着眼前这个男人。后来他才知道这个大人就是平中，但在当时也并不是第一次见面，以前就经常遇见这张面孔。

男人见滋干面色不安、支支吾吾的样子，大抵察觉出来了，说道："还没有吧。"

然后他注意观察周围是否有人，弯腰在滋干耳边低声说道："好孩子，聪明的孩子。真的好聪明……你要是见到母亲，不好意思，我对她有一个愿望……好孩子，我告诉你可以吗？"

"什么事？"

"是这样的……"他带着滋干走到离其他女童两三间①远的地方，说道，"我想给你母亲写一首和歌，你能给我带给她吗？"

赞岐和乳母曾嘱咐滋干绝对不要把看妈妈的事告诉别人，所以不知道如何回答，但是那个男人反复对滋干说："你不要担心，我与你的母亲非常熟悉，所以你把这首和歌转给母亲，她一定非常高兴的。"他挂在嘴边的就是"好孩子，你真懂事，真

①间，日本长度单位，1间 ≈ 1.8 米。

聪明"，为了不让孩子感到害怕不安，他脸上总是挂着讨好的微笑，连哄带骗的语气，但说着说着，他逐渐露出认真严肃的表情，心想无论如何必须说服这个孩子。滋干也看出了他的意图。一般来说，大人的脸色，孩子都害怕，滋干也多少感觉自己受到他的威胁，有些畏惧，但他也豁出去了，装出让孩子也会产生同情的哀求的态度。于是，滋干终于点头同意，那男人又使劲夸奖"真是个聪明的孩子"，同时警惕地环视周围，边说"你过来，你过来……"边拉着滋干的手，躲到一个房间的屏风后面，拿起桌子上的毛笔，蘸上墨，一边说"你别动……"，一边卷起滋干右手的衣袖到肩头，在前臂和手腕之间边想边写下两行和歌。

写完以后，他还握着滋干的手不松开，等着墨干。滋干以为他还会做别的什么事，等墨干了以后，他小心翼翼地把袖子放下来。

"好了，你把这个给母亲看。要等母亲身边没有人的时候。知道了吗？"

滋干只是点了点头。

那男人再次叮嘱道："只给母亲一个人看。不要给别人看。"

后来滋干像往常一样在游廊上等待赞岐出来招呼自己，所以应该见到了母亲。不过这一段的记忆比较模糊。当他走进幔帐后面，被母亲抱上膝盖，叫一声"母亲"，然后卷起袖子给母亲看。母亲只看一眼似乎就已经了然于心。室内光线很暗，于是移开幔帐，让外面的亮光照进来。母亲把孩子从膝盖上放下来，让他的胳膊伸到亮处，反复看了好几遍。滋干觉得奇怪，母亲既不问谁写的，也不问谁让他传达的，一切都心知肚明。他感觉眼前有泪水滴落下来，惊讶地抬头一看，只见母亲的眼睛满含眼泪，茫然凝视着前方。就这一瞬间，滋干从内心真正发现母亲原来是如此美丽。就在此时，春天的阳光映照在母亲的脸上，荡漾生辉。平时只能在幽暗中看见的轮廓鲜明清晰地浮现在眼前。大概母亲感觉孩子一直凝视着自己，慌忙把脸贴在孩子的脸颊上，虽然滋干看不见母亲的脸庞了，但脸颊感觉到母亲滴落的泪珠的冰凉。滋干如此清晰地看到母亲的模样，就是这唯一一次的短暂瞬间，以后再也没有过。那个时候留下的美目流盼朱唇粉面的秀丽端庄，那种震撼心灵的秀雅绝俗，一直烙在脑海里，终生不忘。

母亲这样贴着自己的脸蛋，不知道过了多长时间。她是在哭泣，还是在思考，滋干已经想不起来了。过了一会儿，母亲让女房拿来一罐水，将滋干手臂上的字擦掉。她不让女房擦，而是亲自擦，像是舍不得的样子，一个字一个字擦，仿佛要把这些字铭记在心，看着这些字慢慢消失。然后，母亲就像刚才平中那样，把滋干的衣袖卷起来，左手握住他的手，在擦去字迹的地方，重新写上同样长度的文字。

滋干给母亲看手臂上的字的时候，屋子里没有其他人，但后来进来两三个女房，滋干想起平中说的话，有点在意，不过这些都是母亲信得过的女房，似乎知道母亲的所有事情。母亲在自己的手臂上写字，滋干记得十分清楚，但不记得当时母亲说了什么话，也许母亲根本就没有说话。

　　"少爷。"赞岐不知道什么时候已经走到他身边，说道，"您把这首和歌给那个人看。他一定还在原地方等着，请您现在立刻就去。"

　　滋干立即回到西配殿游廊，那个男人果然在那儿等待。

　　他一看见滋干，飞奔过来，急切地问道："啊，有回信吧？——哦、哦，真是个聪明的孩子。"

　　滋干后来才知道，当时自己成为母亲和平中之间情书的传递者，自己被平中所利用，但母亲身边的女房和赞岐好像都知道这件事。说不定赞岐才是真正同情平中的人，利用自己充当两人之间的联络员也许正是她的主意。因为——这一点滋干也记不清楚——当平中又把他带到那间有屏风的屋子里看母亲的和歌的时候，不仅赞岐也在场，而且还是她亲自把手臂上的字迹擦掉的，还一边擦一边说"擦掉了真可惜"。

　　在自己手臂上写字传递信息，后来还有过一两次——滋干也记不得了——再后来，他一去西配殿，平中就在那儿转悠，叫住他，托他把书简交给母亲。母亲有时候回信，有时候不回，逐渐没有开始那个时候的热情了，甚至还流露出厌烦的表情，滋干也因此不愿意继续充当这个角色。再后来，平中也不来了，而滋干很快也不被允许和母亲见面了。乳母不带滋干去见母亲，滋干说想见母亲，乳母告诉他"母亲马上就要生小孩，所以现在需要安静休养"。当时母亲的确是怀孕了，但禁止滋干出入本院，似乎另有原因。

此后，滋干再也没有见过母亲，对他来说，"母亲"只是自己五岁时瞬间见过的泪水盈眶的面容的记忆，只是芳馨馥郁的熏香的感觉。这四十年间，记忆和感觉在他的脑子里培育滋长，逐渐美化、净化成与现实的母亲大相径庭的理想化的母亲。

滋干对父亲的记忆要晚于母亲，说不清楚什么时候开始的，大概从他不能与母亲见面以后吧。他原先一直很少与父亲接触，后来父亲的存在突然在自己的生活中鲜明地凸显出来。他对父亲只有一个印象：就是完全被自己心爱的人彻底抛弃的、无比孤独可怜的老人。母亲能够为把和歌写在自己孩子手臂上的平中不惜抛洒热泪，可是她对父亲是怎么看的呢？滋干一次也没有听到她提起父亲。他在屏风里面被母亲抱在怀里的时候，自己没有主动提到父亲，母亲也从没有问过他父亲的近况。还有，无论是赞岐还是其他女房，竟然都很同情滋干，却谁都很少说起国经，唯有乳母是个例外。

九

　　乳母对滋干说："少爷思念母亲理所当然，其实最可怜的还是您的父亲。他非常孤独寂寞，您要好好安慰他。"乳母没有说母亲的坏话，但是她知道平中的事情，对赞岐在平中和母亲之间牵线搭桥似乎很反感。而且，当她发现连滋干都被利用以后，就更加痛恨赞岐。滋干后来不能去本院与母亲见面，也许是乳母考虑到这个关系而安排的。她曾眼色严厉地对滋干说："虽然无法让少爷见到母亲，但是少爷不该受人之托传话带信。"

　　母亲离家以后，父亲懈怠公务的日子渐多，经常大白天把自己关在屋里，像个病人一样，看上去憔悴枯槁，忧愁郁闷，所以滋干对这样的父亲有点害怕，难以亲近，根本不敢上前去安慰他。乳母对他说："您父亲特别和蔼，少爷要是能去看看他，父亲一定非常高兴。"一天，乳母把滋干拉到父亲的房间前面，拉开隔扇，"您进去吧"，把他推了进去。父亲本来就比较瘦小，现在更是瘦骨嶙峋，眼窝塌陷，白须蓬乱，好像刚刚睡觉爬起来，像一匹狼一样坐在枕边。父亲翻动眼睛瞧滋干一眼，吓得他恐悚惊惧，到了嘴边的"父亲"也卡在喉咙里说不出来。

　　父子对视良久，眼睛互相探视对方，压在滋干心头的恐惧感逐渐缓和，取而代之的是一种难以言状的、甘美熟悉的感觉。滋干起先不明白是什么原因，很快他就发现房间里弥漫着母亲平时使用的那种熏香。再仔细一看，父亲的身边凌乱地放着母亲穿过的衬衣、单衣、小袖①等各种衣服。

父亲突然问道："儿子，你还记得这个吗？"

他伸出骨瘦如柴的胳膊，拎起一件艳丽衣服的衣领。

滋干近前，父亲双手捧着衣服伸到他面前，但接着将衣服贴在自己脸上，久久不动，然后慢慢抬起头，用一种岑寂无奈、寻求共鸣的语气说道："儿子也想见到母亲吧？"

滋干从来没有这样仔细地端详过父亲，他的眼窝里堆积着眼屎，门牙基本掉落，声音嘶哑，发音含糊，听不清说些什么。他的脸说不上是笑还是哭，只是这样一味认真执着的表情，目不转睛地凝视着对方的眼睛。滋干又害怕起来，说一声"嗯"，然后站起来。

父亲逐渐眉头紧蹙，不乐意地说道："好了。你出去吧。"

之后，滋干好久没有和父亲见面。乳母告诉他"今天您父亲在家"，他反而故意不去父亲房间那个方向，而父亲终日关在屋里，几乎不出来。滋干偶尔从他门前经过，有时竖起耳朵偷听里面的动静，一点声息都没有，也不知道他是活着还是死了。

---

①小袖，窄袖便服。和服小袖袢。平安时代为贵族和服内衣。

他心想，会不会又是和上一次一样，把母亲的许多衣服翻出来，把脸埋在里面，沉浸在销魂的熏香里。

后来，不记得是当年还是第二年的秋天，一个天高气爽的午后，父亲难得地走到庭院里，呆呆地坐在胡枝子盛开的水池边上。滋干好久没有见到父亲了，见他坐在石头上休息的样子，仿佛一个在漫长旅途上跋涉的疲惫不堪的旅行者。身上的衣服脏兮兮、皱巴巴，袖子、下摆破破烂烂，邋邋遢遢，也许伺候他的女房已经离开这里了，也许他不愿意女房伺候他。西斜的太阳火红地照着父亲的半边身子，消瘦衰老的脸颊泛着晶莹的亮光，但是，滋干还是没敢走到他身边，站在离他五六步远的地方。他听到父亲嘟嘟囔囔地说着什么。

听上去好像不是嘟囔什么话，似乎是有节奏地在背诵什么诗句。他对滋干站在身边听好像毫不在意，目光落在水面上，反复背诵两三遍同样的诗句，突然说道：

"儿子。"他终于面对少年的滋干，"我要把汉诗教给你。这是唐朝的一个名叫白乐天的诗人写的诗，内容对小孩子来说比较难，不过这没关系。你跟着我背下来就行了，等你长大了，自然就会明白的。"

父亲让滋干"你坐在这儿来"，于是与父亲并排坐在石头上。父亲起初为了让小孩子记得住，一句一句慢慢说，等滋干复述一遍后再说下一句。可是，教着教着，他忘记自己是在教孩子背诗，而是沉浸在自己的感情里，满怀激情抑扬顿挫地大声吟唱起来。

> 失为庭前雪，
>
> 飞因海上风。
>
> 九霄应得侣，
>
> 三夜不归笼。
>
> 声断碧云外，
>
> 影沉明月中。
>
> 郡斋从此后，
>
> 谁伴白头翁。

滋干长大以后，才发现这是收录在《白氏文集》里的五言律诗《失鹤》。当时不明白诗歌的内容，但父亲醉酒以后经常吟咏这首诗，耳朵几乎都听出茧子来。现在回想起来，父亲是将弃家出走的妻子比喻为鹤，以此寄托郁闷的心情。听到父亲吟咏时的悲伤沉痛声调，自己这个小孩子也能感受到他断肠销魂的相思离愁。父亲声音嘶哑，无法引吭高声，而且底气不足，无法悠长拖腔，所以他是本嗓吟咏，没有任何技巧，但是在吟咏到"九霄应得侣""声断碧云外，影沉明月中""谁伴白头翁"这些诗句时，饱满凄怆情怀，是用任何技巧都无法表现的，令听者无不动容。

父亲见滋干能背诵这首诗，说道"既然你已经记住了，我再教你一首长的"，这就是"我有所念人"的《夜雨》[①]。

我有所念人，

隔在远远乡。

我有所感事，

结在深深肠。

乡远去不得，

无日不瞻望。

肠深解不得，

无夕不思量。

况此残灯夜，

独宿在空堂。

秋天殊未晓，

风雨正苍苍。

不学头陀法，

前心安可忘。

---

①即白居易《夜雨》。

父亲经常自言自语般嘟囔这最后一句"不学头陀法，前心安可忘"，大概因为受到此句的影响，父亲不久就热心于佛道。另外，滋干还断断续续地学会背诵"夜深方独卧，谁为拂尘床？"①"形羸自觉朝餐减，睡少偏知夜漏长"②"二毛晓落梳头懒，两眼春昏点药频"③"须倾酒入肠，醉倒亦何妨"④等很多诗句。父亲有时候孤独地站在庭院的角落里悄声吟咏，有时候避开他人，自斟自饮，感极而泣，放声吟诵。每当这时，父亲总是老泪纵横。

这个时候，赞岐已经不在家里了，母亲离家后不久，她大概对父亲感到失望，终于抛下父亲，跑到母亲那儿了。在滋干的记忆中，只有乳母卫门对自己和父亲都细心照料，十分周到。她用哄年幼无知的滋干一样的语调劝慰父亲，她没完没了唠叨的就是父亲的嗜酒。

"您年纪这么大了，没有别的嗜好，少量喝点酒倒没什么……"

乳母这么一说，父亲就像受母亲责备的孩子一样低垂着脑袋，一副温顺听从的样子，嘴上说道："对不起，让你挂念了。"

晚年的父亲被爱妻抛弃，本来就好酒贪杯的他更到了沉湎

①典出白居易《秋夕》。
②典出白居易《自叹二首》。
③典出白居易《自叹二首》。
④典出白居易《洛城东花下作》。

酗酒的程度，酒成为他的唯一伴侣。他的醉态逐渐变得狂暴起来，常做出轨之事，所以乳母为他担心忧虑也是理所当然的。乳母每次劝诫父亲，他都老老实实地道歉，但过两天又喝得酩酊大醉，又是吟诗，又是哭喊，有时候半夜三更摇摇晃晃地出门，两三天都不回来。

"究竟去哪里了？"

乳母和女房们商量来商量去，忧心叹气，少不了暗中派人出去寻找。滋干虽然还是个孩子，也感觉痛心。可是，一般三四天以后，父亲忽然悄悄回来，有时候一声不响地回到自己的房间里躺在床上，当然有时候被人找到带回来。有一次跑到京城的远郊，倒在原野上，被找到后带回家，蓬头垢面，衣衫褴褛，手脚尽是污泥，像一个乞丐。

乳母目瞪口呆，叫一声"哎哟"，泪水扑簌簌流淌。父亲难为情地低下脑袋，一声不吭，灰溜溜地回到自己的房间，把脸埋在被子上。

乳母背地里总对父亲唠叨："照您这个样子，最后不是发疯就是毁了身子……"

这样嗜酒如命的父亲，有一天忽然戒酒了。

滋干对父亲出于什么原因戒酒不得其详，直到乳母对他说"您父亲最近变样了，每天只是安静地念经"，他才注意到。

父亲之所以酗酒，大概是因为无法排遣对母亲的刻骨思念，打算借助酒精麻醉自己，但是他终于发现酒解脱不了自己的痛苦，于是转而求助于佛法的慈悲。就是说，他从白居易的诗"不学头陀法，前心安可忘"中获得启示。这个时候滋干七岁左右，离父亲去世大约一年之前。他已经没有了狂暴性，一天到晚就待在佛堂里，专心致志地冥思默想，或者读经，有时候还请来什么寺院的高僧讲解佛经。这样一来，乳母和女房们都愁眉舒展，高兴地说"看来老爷总算稳定下来了，这就让人放心了"。但是，滋干还是不敢和父亲接近，依然觉得父亲有点可怕。乳母经常觉得佛堂悄无声息，格外安静，便对滋干说："少爷，您去瞧瞧老爷在做什么？"

于是滋干战战兢兢地走到佛堂门前，跪在门口，把手放在拉门上，不发出任何声响地轻轻拉开一条缝，只见正面挂着普贤菩萨画像，父亲恭恭敬敬地坐在画像前面，一声不响。滋干看到的只是他的后背，注视一会儿，感觉父亲既不是读经，也没有翻书，更不是烧香，只是默然地打坐。

有一次，滋干问乳母："你知道父亲那是在做什么吗？"

乳母回答道："他是在修不净观。"

不净观的道理非常深奥难懂，乳母也无法详细说清楚，总的意思是：修不净观，会悟出人的各种感官享乐都不过是暂时的迷妄。对过去无比眷恋的人不再留恋；对过去感觉观之美色、食之美味、闻之芬芳的东西，明白都是污秽不净之物。您父亲正是为了忘却您母亲，才修行不净观。

就是在这段时间里，滋干对父亲有一个终生难忘的、极其恐怖的回忆。当时，父亲经常几日几夜沉迷于静坐和沉思，不知道什么时候吃饭，不知道什么时候睡觉，滋干觉得不可思议。一天夜晚，他趁着乳母不注意，偷偷溜出寝室，走到佛堂门外，拉门里面灯火幽暗，父亲和白天一样静坐不动，像一尊雕像。滋干把拉门轻轻关上，回寝室睡觉。第二天夜晚，他心里还是惦念着，又去偷看，父亲还是和昨晚一个样。第二天夜晚，滋干出于好奇心，蹑手蹑脚走到佛堂门外，还是把拉门拉开一道缝，屏息凝神往里一瞧，里面没有风，却见灯火如在风中摇曳一样，而父亲突然摇晃肩膀，身体扭动起来，动作十分缓慢。滋干起初不知道摇晃身子是出于什么目的，只见父亲单手按在地板上，像拉起什么沉重的东西一样气喘吁吁，原来他自己的身体慢慢伸直，接着站起来。人老了，坐卧站立都迟钝吃力，再加上长时间端坐不动，不这样就站不起来，父亲站起来以后，趔趄着走出房间。

滋干觉得奇怪，便悄悄跟在他后面。父亲目不斜视，一直盯着前方，走下台阶，穿上金刚草履①，站在地上。皓月当空，皎洁如水，虫声唧唧，秋光秋景。滋干也跟着走下台阶，随便

①金刚草履，稻草或蔺草编织的大草鞋，结实耐穿。

穿上一双大人的草履，却觉得脚底凉丝丝的，如在水中行走，月色如霜，铺洒地面，恍如初冬之感。父亲一直往前走，地上清晰地映照出他的摇晃的身影，滋干和他保持一定的距离，注意不踩到他的身影。如果父亲回头，或许会发现自己，但是他似乎一边走一边沉浸于思考，走出大门外，好像朝着一个明确的目标直奔而去。

一个是八十老翁，一个是七八岁的儿童，他们也不可能走得很远，但滋干还是觉得走了很长的路。他远远地跟着父亲忽隐忽现的身影，深夜的路上，只有这一对父子，没有别人。父亲拖着白色月光映照的长长的身影，所以不会跟丢。路旁起先是一排壮观的豪宅，接着逐渐变成简陋的篱笆墙、低矮的板葺屋顶上压着石块的粗陋破旧的人家，房屋也越发稀疏。到处都是水洼和荒凉的空地，疯长着芒草等秋草。草丛里秋虫啾啾，两人走近前时，虫声倏忽停止，离去后又重新叫起来，离城镇越远，虫声越是聒噪喧闹。走到后来，周围没有一户人家，放眼望去，一片野草丛生之地，中间一条弯曲的小路。虽然只有这一条路，但弯弯曲曲，而且野草长得比自己还高，所以有时候挡住了父亲的身影。滋干和父亲的距离缩短到一两间，他必须拨开从两旁伸过来的野草往前走，衣袖、下摆都被露水濡湿，冰凉的露珠甚至沁入衣领。

父亲来到一条小河的桥头，过了桥，不再笔直往前走，而是下到河边，沿着河滩的沙地往下游方向走去。在离桥大约一町①的地方，有一块略微隆起的平地，上面有三四座坟墓。这些都是新坟，还是松软的新土，墓顶上的卒塔婆②还是很新的白色，在月光下能看清上面的文字。有的坟墓不立卒塔婆，代之以种植松树、杉树；有的用石头堆成五轮塔，外面围上栅栏；还有的最为简陋，用一张草席遮盖尸体，供一束鲜花作为标志。其中还有的坟墓，因为卒塔婆被风刮倒，墓土坍塌，露出部分尸体。

父亲在坟地上来回转悠，好像在寻找什么，这时滋干已经非常靠近他，不知道他是否意识到后面有人跟随，总之是从未回过头。一只正在啃食尸体的野狗猛然间从草丛里蹿出来，落荒逃去，但父亲瞧都不瞧一眼，满不在乎，他显得异常紧张，聚精会神，这从他背面也能看得出来。一会儿，滋干见父亲停下脚步，自己也跟着停下来，就在这一瞬间，他看到令人毛骨悚然的一幕。

月光似雪，将地面上的所有东西都抹上一层厚厚的白磷般的颜色。滋干最初分辨不出地上的那个奇形怪状的东西是什么，定睛凝神一看，原来是一具已经腐烂的年轻女尸。他是从残留的四肢的皮肤颜色来判断这是一个年轻女性，但是，长发已经从头盖骨上脱落下来，像假发一样覆盖着身子，脸部溃烂，又

①町，日本长度单位，一町约为109米。
②卒塔婆，立在墓地上的塔形细长木牌，作为死者冥府。

像是膨胀一般，变成一堆肉团，内脏从腹部流出来，爬满了蛆。在如同白昼的月光底下，那种恐惧是不难想象的，滋干毛发竖起，赶紧背过脸去，腿都吓软了，一动不动，也发不出声音来，被恐惧钉在那里。而父亲则慢慢走到尸体近旁，先是恭恭敬敬地弯腰行礼，然后坐在尸体旁边的草席上，如在佛堂里凝然端坐那样，时不时看一眼尸体，接着半闭眼睛陷于沉思。

此时，冰盘皓魄，四周寂寥，秋风微拂，芒草响动，虫鸣喧嚣。滋干见父亲孤坐其间，如一尊黑影，恍若进入怪异荒诞的梦境。但是，尸臭扑鼻而来，蔓延开来，逼得滋干不得不回到现实世界中来。

滋干不知道父亲寻找的女尸具体在什么方位，当时京都这种墓地到处都有。天花、麻疹等传染病流行时，多有死人，人们一是害怕传染瘟疫，二是无法处理尸体，于是只要有空地，就扔在那里，草席一裹，用土块草草堆上，随便做个记号，就算埋葬。父亲所去的地方大概就是这种坟场吧。

十

在父亲对着尸体冥想的时候，滋干蹲在别的坟墓后面屏息凝神地偷看。月亮西斜，当他隐身的卒塔婆的影子在地面上逐渐拉长的时候，父亲终于站了起来，开始往回走。滋干和来时一样，又跟在他后面。过了小桥，来到芒草原野的时候，父亲忽然说道："儿子……你以为今天晚上我在那里会做什么？"

父亲停下脚步，转过身，等着滋干过来。

"我知道你跟着我。我有我的想法，故意让你跟着。"

见滋干没有回答，父亲用更加温柔亲切的声音说道："儿子啊，我不会骂你，你说说，你从一开始就想知道我要干什么吧？"

"嗯。"滋干点了点头，又解释般地补充道，"我是担心您……"

"你大概以为我疯了吧？"

父亲的嘴角露出笑意，接着有气无力地呵呵干笑几声，那笑声轻微得几乎听不见。

"不单单你，好像大家都这么认为。……但是，我没有疯，我这么做自有其道理。我可以把其中的缘由告诉你，让你放心。……你想听吗？"

于是，在回家的路上，父亲和滋干并肩而行，边走边谈。当时滋干还是小孩子，连要领都无法理解，所以他的日记所记并非父亲的原话，而是加上后来他长大成人后自己的解释。要点就是佛家所说的不净观。——笔者也不谙佛教教义，对于能否准确叙述，也没有把握。为此，笔者前往拜访平时深蒙关照的天台宗某硕学之士，向其请教，并借阅诸多参考书籍，查看研学，感觉深邃奥妙，难以理解。好在本文无须深入讲解，只是出于故事情节进展的需要，按照顺序略加触及即可。

用汉字假名混合体通俗易懂地讲述不净观的书籍，据笔者所知，也就是或说慈镇和尚所著，或说胜月房庆政上人所著的《闲居之友》——当然不排除还有其他著述。此书收录有《往生传》和《发心集》遗漏的往生发心者的传记、名僧智识的逸闻，只要阅读上卷的《怪僧奉仕之余一心修行不净观》《某怪人野地看尸发愿》《唐桥河滩女尸》，下卷的《宫中女房见不净之形状》等，便可大体理解不净观的内容。

以下举该书中的一例予以说明。

从前，比睿山的某上人身边有一个中间僧，说是僧侣，其实和寺院里的打杂工差不多，伺候上人，做各种杂役。他平时对主人尽心尽力，听从吩咐，从不违抗，完全是忠心耿耿，深得主人信赖。后来，此人每天傍晚便不知去向，第二天早上才回来。上人以为他大半是去坂本冶游，内心对他甚为憎恶。他早上归来，往往无精打采，不愿与人见面，总是满眼含泪，上人和其他人都断定他一定是得不到女人的欢心使然。有一次，上人派人对他悄悄跟踪，发现他是从西坂本前去莲台野。盯梢的人觉得奇怪，索性想弄清楚他究竟干什么。结果看见他左拐右拐，居然来到一个坟场，走到一具腐烂不堪的尸体旁，忽而闭眼，忽而睁眼，一心一意地祈祷，反复诵经，时而放声大哭。整整一个晚上都是这样，直到听见拂晓的钟声，才收住泪水，擦拭眼睛回去。他的真诚感动盯梢的人，也跟着一洒热泪。上人询问盯梢的人是怎么回事，盯梢的人一五一十汇报，说他每到傍晚不见人影是去做这件事，每次早晨回来都萎靡不振是有原因的，对这种高贵的圣举无端猜疑实乃罪过。上人一听，大吃一惊，此后十分敬重这个中间僧，另眼看待。

一天早晨，中间僧端来早餐的稀粥，上人见周围没人，问道："听说你修不净观，是真的吗？"

"岂敢。那是学识渊博的高僧所为，您一看就知道愚僧岂敢妄为？"

"你的事情现在已经众人皆知，愚僧对你心中敬重，所以就不要瞒着我了。"

"既然如此，那就如实禀报。其实我知之不深，略有皮毛之心得。"

"一定很灵验吧。那就观此粥悟修行。"

中间僧便拿起食盘，用盖子把粥碗盖上，闭目凝神，一会儿掀开盖子，只见米粥竟变成白虫。上人见状，合掌哭求中间僧一定要收其为徒。

以上就是《怪僧奉仕之余一心修行不净观》的大致内容。《闲居之友》的著者附言道"此实乃难得之事"。正如天台大师在《次第禅门》中所言，即便愚钝之人，至塚边见腐尸，亦易成就观念。这个中间僧所学的大概也是这个吧。《摩诃止观》这样解释

"观"："山河皆不净也，衣食亦不净也，饭白如虫，衣如臭物之皮。"那个中间僧的观念十分合乎自然与圣教之说。另外，天竺之佛教比丘也主张"器物如骷髅，饭如虫，衣如蛇皮"。唐国之道宣律师①也认为"器乃人之骨也，饭乃人之肉也"。无知无识的僧侣不知道这些高僧的教导，却在实践这个观念，这是何等难能可贵的啊。人们即使达不到中间僧这样的境界，但只要明白这些道理，五欲之贪就会逐渐淡薄，心态就会端正。——"不知此理，对丽衣美食顿起贪欲之心，对粗食敝衣深怀瞋恚之念，即使（衣食好坏）有所不同，轮回之因却如出一辙。（中略）就此而言，（讲求衣食）实在徒劳无益，不过黄粱一梦，故而长眠于无明长夜（迷妄之中），可悲可叹。"

《某怪人野地看尸发愿》也是大体相同的训谕故事，一个男人在原野上看见一具悲惨的女尸，其形状深深烙在脑子里，晚上和妻子相拥睡觉时，摸着妻子的脸庞、额头、鼻子、嘴唇，觉得不论哪个部位都和尸体一模一样，于是悟到世间无常。《止观》（《摩诃止观》）从人死身腐谈到最后蚀骨化烟，悲哀不忍目睹。未读此书者竟能主动发心，尤为难得。

那么，这是一种什么样的修行呢？就是像禅僧坐禅那样，盘腿安静独坐，闭目沉思，将意念专注集中于一件事。什么叫

---

① 道宣律师，即释道宣（596—667），唐代高僧，佛教南山律宗开山之祖，又称南山律师，后世尊为中国的律宗初祖。

103

"一件事"呢？比如说自己的肉体就是父母淫乐的产物，原本就出生于不净不洁的液体之中。如果引用《大智度论》的话说，就是"身内欲虫，人和合时，男虫白精如泪而出，女虫赤精如吐而出。骨髓膏流令此二虫吐泪而出"。这里的赤白二精合为一体就是自己的肉体。然后是人的出生，人从那条充满臭气的通道里出来，一生下来就随处大小便，流鼻涕，嘴吐臭气，腋下出油汗，体内积攒着粪、尿、脓、血、油脂，五脏六腑充满污秽，麇集各种虫子，死后的尸体被野兽噬咬、被猛禽啄食，四肢分离，内脏流出，腥臭冲天，扑鼻而来，皮肤赤黑，比野狗尸骸还要丑陋，总之，人从生到死都是不干不净。

《摩诃止观》这本书论述观念思索的顺序，将其细分为人体不净是因为种子不净、①五种不净②而加以详细说明。同时，该书还详尽描述尸体腐烂的过程：第一过程叫"坏相"，第二过程叫"血涂相"，第三过程叫"脓烂相"，第四过程叫"青"，第五过程也不知道叫什么，③对这些"相"还没有谛观的时候，就会痴迷地恋慕死者，恋恋不舍，但如果达到谛观，欲心就戛然而止，刚才还觉得芳香无比的美丽东西，顿时变得臭不可闻。这如同看着大粪吃饭，不见尚可，一旦闻起臭味，就恶心得吃不

①《大智度论》云："是身种不净，非余妙宝物，不从白净生，但从秽中出。"
②五种不净，指种子不净，住处不净，自体不净，外相不净，究竟不净；还有认为指生处不净，种子不净，自性不净，自相不净，究竟不净。
③《摩诃止观》和《大智度论》记载尸体变腐的九个过程，称为九相，也称为九想：胀相、坏相、血涂相、脓烂相、青相、啖相、散相、骨相、烧相。

下去。

但是，独坐冥想这些道理、思考尸体变腐过程，又是觉得体会不深，因此就需要去坟场目睹《摩诃止观》中记载的这种现象，这不失为一种方法，前面所说的那个中间僧就是这样付诸实践的。他每天夜晚都去莲台野，不是去一两次，而是反复去，仔细观察尸体的变化，对坏相、血涂相、脓烂相等都烂熟于心，最后独自端坐一室闭目冥想，这些景象浮现眼前，历历在目。岂止如此，即使把世人公认的绝色美女拉到他面前，在修行者看来，不过是一堆丑陋无比的烂肉和脓血。据说为了验证修行者的功力，还真把美女带到他面前，让他凝神观看，考验其观念。功力深厚的修行者一旦修成不净观的正果，根据修行者的主观意念，青春靓丽的美女看上去也是寝陋丑恶，甚至连旁边的人也有同样的感觉。那个中间僧的主人命他看粥，他凝聚观念一看，白粥就变成了一团白虫，就是这个道理。真正修行到不净观的正果，就会出现这样的奇迹。

据少将滋干的日记记载，他的父亲老大纳言也是想修行不净观，而且就他而言，"声断碧云外，影沉明月中"的仙鹤一去不复返，佳人倩影却永记心间，断肠销魂，情何以堪，于是心生一念，打算消除心中的幻影。当天晚上，父亲对滋干袒露心怀，先从不净观说起，自己无论如何想要忘记对已经背叛自己的妻子的怨恨和思念之情，驱除铭刻在心的妻子美丽的容颜，斩断烦恼。所以，自己现在正在修行也许旁人看似发疯行为的不净观。

等父亲的讲述告一个段落的时候，滋干问道："这么说，父亲不是今天晚上第一次去吧？"

父亲点了点头。早在几个月前，父亲就在月明星稀之夜，等家里人熟睡之后，偷偷溜出门，也没有固定的坟场，就到郊外原野的随便一处墓地，凝神静思，到拂晓再悄悄回家。

滋干问道："那父亲已经悟道释迷了吗？"

"还没有。"

父亲站起来，眺望远处的山巅明月，轻轻叹一口气。

"难啊。不净观要修到正果，说易行难。"

后来，不论滋干再问他什么，父亲却不再回答，似乎耽于思考，一直到家，几乎一言不发。

滋干夜间跟随父亲出去仅此一次，父亲说自己以前就经常瞒着家人出去，此后大概也还去过多次。例如，第二天夜晚，滋干就觉得听见轻轻开门的声音，但是父亲既没有让滋干一起去，滋干也不想继续跟着去。

那么，父亲出于什么考虑要把自己的心事告诉一个还是天真幼稚的孩子呢？滋干到后来还是百思不得其解。他与父亲长时间的谈话，一生中只有这一次。当然，说是"谈话"，其实是父亲讲，滋干听。父亲的语调起初感觉沉重，给少年的心灵造成压抑消沉郁闷，但后来逐渐变成如怨如慕，最后也许是滋干的心理作用，听起来觉得如泣如诉。父亲忘记了他是向一个幼小的孩子心灵哀诉自己的紊乱阴郁的心绪，这让滋干感到恐惧，担心父亲不可能修成正果，到头来还是枉费精力，徒然无果。滋干对父亲因为思念所爱而日夜烦恼、最后不得不求助佛道解除痛苦的心态表示理解，也觉得父亲十分凄惨和可怜。但是，说实在话，父亲不珍惜保留母亲美好的印象，反而将母亲的美貌视为丑恶腐烂的尸骸，滋干对此不能不感到愤怒。其实，在谈话的过程中，他几次想大声叫喊"父亲，求您了，请您不要玷污我所爱的母亲"，但都强忍着没有说出口。

十个月后，第二年的夏末，父亲离世。他临终时是否从色欲的世界里解脱出来了呢？他将曾经热爱眷恋的女人视为一块不值一顾毫无价值的腐肉而得以纯洁、高贵、豁然地离开这世界呢，抑或如年幼的滋干所想象的那样，最终也没有得到佛道的救助，八十老翁依然备受恋人幻影的折磨，胸中依然炽燃着情爱之火而咽气的呢？——滋干无法具体证实父亲内心斗争的结果，但是从父亲并非人们所推崇的寿终正寝的死法推测，他觉得自己的猜想大概没有错。

从一般的人情来说，妻子出走，丈夫都会把爱转移到妻子给自己所生的独生子上，以寄托对妻子的爱恋，多少缓解一点痛苦的思念。但是，父亲对滋干并不是这样。在他看来，只要不把出走的妻子要回来，别的一切，哪怕是自己的亲生骨肉，也绝对无法替他排遣对妻子的思念。滋干觉得父亲对母亲的眷恋的确是一心一意，纯粹洁净，耿直执着。滋干的记忆中，父亲不是没有和自己亲切地说过话，但只是在谈到母亲的时候才这样，平时对自己总是冷冰冰的。然而，滋干想到父亲满脑子都装着母亲的形象，所以无暇照顾自己，对他的冷淡不会记恨，甚至还觉得有些高兴。自从那天夜晚跟踪父亲之后，他对自己更是冷若冰霜，似乎脑子里根本就没有滋干这个儿子。他只是目不转睛地茫然凝视着眼前空中的一点。在最后一年的时间里，滋干没有听到父亲谈论自己的精神生活，不过，滋干还是注意到：父亲又恢复了酗酒；虽然依然把自己关在佛堂里，但墙上的普贤菩萨画像不见了；不再念经，而是吟咏白居易的诗歌等。

十一

　　笔者想寻找有关老大纳言临终时精神状态的详细资料，但《滋干日记》的记述仅此而已，所以只能根据前后情况做出判断，认为他最终也没有得到救赎。——他终究还是没能战胜那个佳人美丽的幻影，怀着永劫的迷妄离世。同时也可以猜测到：

这虽然对老大纳言是一个悲惨的结局，但对滋干来说，父亲最终没有亵渎母亲的美丽，实在是无比欣喜的事情。

前面已经说过，老大纳言去世后的第二年，时平死去，之后的四十年间，时平家族连遭不幸，终至灭亡。天皇也从醍醐、朱雀变为村上，世道变迁，藤原氏、菅原氏荣枯盛衰，人间沧桑，物换星移。这期间，滋干身在何处，如何立世，升到少将之位，因《滋干日记》专注记述母亲，对自己之事极少提及，据笔者推测，父亲死后的几年里，滋干大概被乳母收养。那个名叫赞岐的老女人，后来投靠夫人，成为本院的女房，之后就没有在日记中出现过。另外，滋干的同父异母的兄弟们以及他们的母亲，大概平时没有任何来往的缘故吧，整篇日记从未提及。但是，滋干对自己的同母异父的弟弟中纳言敦忠，却怀着深厚的亲情。他与敦忠的门第、官位都相距甚远，而且父亲之间因为夫人发生争执成为他们交往的障碍，两人都有所顾虑，尽量避免接触。不过，滋干心里对敦忠的人品怀有好感，暗自祈祷他幸福，同时关注他的行动。滋干在日记中多次提到，敦忠毕竟和自己是一母所生，他的外貌很像母亲，一见到中纳言，就会想起昔日母亲的芳容风采，感到亲切。滋干哀叹说，不幸得很，自己的外貌不像母亲，而是像父亲，所以父亲只是一心怀念母亲的容颜，不疼爱自己，就是因为长得不像母亲的缘故。滋干还说，他羡慕敦忠在时平死后还和母亲在一起生活，自己这样相貌丑陋的儿子，即使和母亲住在一起，就像母亲嫌弃父亲一样，也不会喜欢自己的。

那么，滋干朝思暮想的母亲——夫人在原氏，又是怎么度过余生的呢？——时平去世时，她大概只有二十五六岁，年轻貌美，是作为时平的遗孀安度余生呢，还是又有第三、第四个男人呢？当年她还是老大纳言的妻子的时候，就有过平中这个情人，照此看来，至少暗自与男人偷情幽会也不奇怪。当然，这一切都一无所知。滋干不喜欢父亲，喜欢母亲，即使听到有关母亲的一些风言风语，也不会写在日记里。笔者姑且相信滋干的日记，认为夫人一心都放在养育左大臣的遗孤敦忠上，恪守妇道，过着孤独岑寂的单身日子。可是，当她听到前夫老大纳言思念苦恋自己抑郁而死；平中被自己抛弃后自暴自弃追求侍从君落得命丧黄泉的下场的事情后，作何感想呢？左大臣权势熏天的时候，她作为本院的夫人受到众人的崇拜敬仰，左大臣死后，恐怕所有的荣华富贵都化为南柯一梦，朝开夕谢，万事失意，境遇可哀吧。她倾注热烈爱情的那些男人都相继而去，左大臣家族由于菅丞相亡灵的作祟也家破人亡，最后连爱子敦忠也未能幸免。这一切大概都让她寒心彻骨地体味到无常之风吧。

但是，滋干一直迷恋爱护母亲，却为什么不对她靠近接触呢？如果是左大臣在世的时候，还情有可原，可左大臣死去以后，已经没有了任何障碍，难道与母亲见面还要避讳敦忠吗？如果这样，那只能因为自己的地位比敦忠低的缘故吧。滋干在日记中这样说道：自己十一二岁的时候，曾数次提出想见母亲，但世事难料，未能如愿，每次乳母都告诫说"母亲现在已经是别人家的人了，母亲的身份已经比我们高得多了"。——滋干还这样写道：后来，自己长大成人，离开乳母，生活自立，到了可以自我判断处理事情的年龄，这时才真正理解乳母的话千真万确，无法获得与母亲见面的机会。随着年龄的增长，感觉与母亲的距离越来越远，即使在丈夫左大臣去世之后，母亲依然还是自己可望而不可即的高不可攀的人，想象她终日待在高贵豪华的深宅大院里，身边女房成群伺候，珠帘玉座，在深闺里生活起居。这么一想，正如乳母所说，她已经不是自己能叫她"母亲"的那个人了。可悲的是，必须认识到，这世上已经没有自己的"母亲"。——即使不这么想，但毕竟父亲和自己都是被母亲抛弃的，这么一想，滋干就对母亲产生一种乖戾的偏见，导致与母亲的心理距离越来越疏远。

到了天庆六年三月，敦忠死去，不久母亲出家。这个消息应该也会传到滋干的耳朵里。以前滋干与母亲产生隔阂的一道障碍就是敦忠的存在。如今障碍不复存在，如果滋干还愿意见母亲的话，应该很容易如愿以偿的。以前堵塞这条路的是俗世的情分和世间的规矩，如今这些障碍已经全部排除，况且母亲在西坂本的敦忠山庄旁边结庵为尼，隐居度日。滋干对这些情况也应该有所风闻。母亲身边已无人监视，草庵柴门也不会拒绝来客，对任何人都是开放的，如果这样的话，滋干定然也会心动的吧，但看样子还是犹豫不决，难下决心。其原因可能就是上文所说的乖戾的偏见或者难为情吧，除此之外，难道还有害怕与现实的母亲见面的其他心理因素吗？

其实，父亲在修行不净观的时候，滋干因为父亲亵渎母亲的幻影，曾经怨恨过他。——这四十年里，尽管滋干与母亲没有来往，但通过幼时的朦胧记忆形成一个理想化的容貌形象，深埋心中，每当他思念母亲的时候，心中浮现出来的就是幼年时见到的母亲。然而，世事变迁，沧海桑田，如今母亲遁世出家，现在的她会是什么样子呢？滋干记忆中的母亲是一个二十一二岁的脸颊丰满的长发贵妇人，但想到现在隐居西坂本草庵内的尼姑母亲已经是六十多岁的老媪，面对这个冷酷的现实，他也会情不自禁地退缩吧。在他看来，心中怀着永恒的美丽影像，回味当时听到的温柔和蔼的声音、沁人肺腑的熏香、抚摩着手臂在上面书写的笔尖的感觉，这种温热柔和的感觉依然留存体内，远胜于品尝幻影毁灭的苦酒。滋干本人并没有明确表明这种心态，只是笔者推测，在母亲遁入空门以后，徒然浪费完全可以见面的数年岁月，大概是出于上述原因吧。

出家后的滋干的母亲居住西坂本，即现在的京都市左京区一乘寺附近的敦忠山庄。《拾遗集》卷八《杂歌》上部有伊势①的和歌《书于权中纳言敦忠西坂本山庄之瀑布岩石》，即可为证。

> 引水音羽川，
>
> 人造瀑布挂前川，
>
> 亦可见人心。

当时从京都市内骑马去山庄的话，应该不算远。恰好滋干经常去比睿山的横川拜访定心房良源②，聆听他的佛教讲义，如果滋干回来时取道云母坂下山，很快就会进入母亲居住的那个山麓。实际上，他时常从山上无比思念地眺望西坂本方向的天空，脚下也不知不觉地往那个方向走去，可是他每次都是控制自我，特地选择别的道路下山。

几年以后的一个春天，滋干在横川良源的定心房借宿一夜，第二天，日上中天时，他走出定心房，沿山路过西塔、讲堂，来到根本中堂的十字路口时，突然心头一动，竟朝着云母坂方向走去。所谓"突然"，其实并非意外起兴，而是以前就一直想去，却总是自我抑制，没有去成，而那一天正值阳春三月，彤

---

①伊势（875？—938？），平安时代的女歌人。三十六歌仙、女房三十六歌仙之一。伊势守藤原继荫的女儿，宇多天皇的温子皇后的女房，后成为天皇的御息所。
②良源（912—985），平安时代天台宗僧侣，第十八代天台座主，比睿山延历寺中兴之主。其住宅在比睿山横川，称为定心房。

霞晴辉，远山暖霭，山谷花海如云，景色诱人，催动他踏春逍遥之心。他并没有什么目的，但知道顺着这条山路下去可直达西坂本，母亲居住的地方是什么样子呢，想一探究竟的心理也不是说没有。

滋干来到上坡路前时，太阳刚刚开始西斜。当他走过水吞岭的地藏堂附近，听到音羽川瀑布声，走到山麓的时候，妖艳朦胧的春月开始爬上来。壬生忠岑[1]有和歌云：

> 瀑布湍急落，
> 星霜经年已老去，
> 黑发无一丝。[2]

据说这首和歌就是吟咏音羽川瀑布。瀑布是音羽川的一道水流，道路沿着河边往下，滋干信步走去，来到一处低矮的篱笆墙子前，透过庭院的树木看过去，原来是一座别墅风格的房子。滋干跨过塌落的篱笆墙根走进去，走两三步停下来，环视周围，感觉静寂荒凉，似乎无人居住。东面耸立着比睿山连绵不断的群峰，西面是宽阔的斜坡，修建装饰有池塘、摆石、假

---

①壬生忠岑，生卒年不详。平安时代前期的歌人，三十六歌仙之一。《古今集》编撰者之一。
②此歌大意是：音羽川飞瀑激流湍急，全部都是银白色的水流，如一个久经星霜的老人的满头白发。

山、引水①，残留着古色古香的庭园情趣，可见当年是多么极尽豪华啊。如今颓然衰败，杂草丛生，树干上网一般爬满缠绕着藤蔓。

近处山坡，树木荫翳茂盛，所以阳光幽暗，又是黄昏，感觉空气清冷，侵入肌骨。滋干踏着去年堆集的落叶，走到看似正房的建筑物前面，这里也已经荒废，格子门窗紧闭，已到傍晚时分，却不见一丝灯光。滋干坐在台阶上，稍事休息一下，发现双开门的合页锁损坏，有一扇门斜开着。他走上去，往屋子里瞧了瞧，里面漆黑一片，散发着潮湿的霉味。他心想以前这是谁的住所呢？或许就是中纳言的山庄吧？莫非中纳言死后就无人居住，任其腐烂荒废吗？如果是这样的话，母亲和中纳言曾经在这里共同生活，中纳言死后又在这附近结庵隐居，那么母亲恐怕就住在这附近吧？虽说已经抛弃俗世，但一个女人在这样荒凉凄清的地方怎么能生活下去呢？……虽然滋干的脑子想着这些事，但是他还是打算在这个死寂沉静的地方休息一会儿。暮色四合，寂寥透骨，滋干想到这里曾经是母亲住过的房子，不忍立即离去。

这时，在猫头鹰的啼声中，交织着幽微的潺潺流水声，他终于起身，沿着引水往前走，绕过池塘，越过假山，在花草树

---

①引水，将山上的泉水引到庭园里，修成人工细流。

木中穿行，果然看见山崖上挂着一道瀑布。山崖高七八尺，并非陡峭的悬崖，而是平缓的斜坡，上面装点奇形怪状的石头，瀑布落下来的水流泛着白沫在石头间蜿蜒穿行，山崖上枫树、松树枝繁叶茂，高低参差，伸展的枝叶覆盖着瀑布上方。这道瀑布就是把音羽川的水引过来形成的人工瀑布。这时，滋干想起伊势的那首"引水音羽川，人造瀑布挂前川"的和歌。显然，和歌的"引水"指的就是这道瀑布，这座山庄就是已故的中纳言的别墅也就确凿无疑了。

天色更加昏暗，连水面都无法分辨出来，滋干心想该回去了，却依然怀有留恋之感，跳跃着跨过河边的一块块石头，朝瀑布上方登上去。这一带已经出了别墅的范围，都是天然的泉水、石头，没有任何人工营造的庭园痕迹，逐渐变成单调粗陋的自然景色。抬头一看，忽见对面溪涧岸边的山崖上有一株巨大的樱花树，在四周暮色的反衬下，更显得绚丽烂漫。纪贯之有吟咏红叶的和歌云"如火飘零无人识"，[①]此时此地此景，如云似霞的妖娆春樱也无人赏识，无异于锦衣夜行的"夜锦"。这棵樱花树生长在比山路稍高一点的地方，突兀挺拔，高耸独立，枝叶伸展如伞，将周边映照得艳丽淡红。

大概谁都有这样的体验，独行夜路的时候，猛然碰见一个

①纪贯之此歌为："如火飘零无人识，深山红叶如夜锦。"

漂亮的妙龄女子，这比遇见一个男人更觉得可怕。同样，在这个人迹罕至的地方，薄暮之中，看见一棵静谧地绽放鲜花的樱花树，仿佛感觉恶魔般的妖丽缠附在身上。滋干简直怀疑自己的眼睛，不敢走近前去，只是在远处眺望。樱花树所在的那个山崖，几乎就是一大块长年生长青苔的岩石，从河面上突兀而起，有一丈多高，一道细流绕过崖下，流进溪涧。山崖的半腰处长着一丛棣棠花，低垂向涓涓流水。滋干觉得自己在这里待了很长时间，而周围的景色依然如此鲜明清晰。难道是樱花如雪光般映照出黑暗中的万物吗？其实不是，而是当空春月映花色，增加了亮度。地面潮湿，皮肤感觉冷飕飕的，天空的一轮春月略显朦胧，穿透云海般的锦簇花色映照下来，弥漫着夜樱气息的溪涧在月光中如梦似幻。

滋干幼小时曾跟随父亲走过荒野，在苍白的月光下看见凄惨的场面。那是秋月，清爽皎洁，不像今天这样微茫模糊，自然也没有柔软如棉般的温暖。那时的月光把地面上所有细微的东西，连尸体腐肠上的一条条蛆都映照得一清二楚。今宵的月色虽然也如实地映照出涓涓清流、静静飘落的一两片花瓣、棣棠花的黄色，但这些都像幻灯画一样镶上一圈含糊的虚线，仿佛远离现实的海市蜃楼浮现在空中，令人感觉进入一个一眨眼就会消失的世界……实在不可思议，这是一种奇特的光景，滋干不知道自己何时身处此地，他突然看见一个万没料到的东西——一个白色的轻飘飘的东西在樱花树下摇动。起先以为是开满鲜花的一根树枝低垂下来，分辨不清，这个比樱花大得多又轻飘的东西，也许在他意识到之前就一直出现在那里。滋干凝目定睛细看，发现那是一个个子矮小的僧侣——从对方低矮的身子和纤细的肩膀判断——大概是一个尼僧。她站在樱花树旁边，戴着老僧常戴的用以御寒的白绢帽子，从头顶完全裹下来，帽子在风中不时摇晃。当滋干大体观察出来的时候，心中紧接着出现否定自己视觉的疑问：不、不，难道自己是在做梦吗？这种地方怎么会有尼僧呢？自己肯定是在做梦，否则就是看见了樱花树的树妖……滋干故意不相信亲眼所见的一切。

　　然而，尽管他极力否定，但随着蒙在月亮表面的薄云逐渐退去，那个人影十分清晰地映照出来，刚才半信半疑的尼僧现在可以确信无疑了。她头戴的帽子就跟后来的日莲式防寒头巾①那样，套在头上，裹到脖子，四周的布垂到肩膀，从这里看不见她的脸。她孤寂地仰望天空，不知道是欣赏樱花，还是观赏花上的月亮……接着，她慢慢地离开，向山崖下方走去，来到细流旁边，弯腰伸手似乎欲摘取一枝棣棠花。滋干一边看着她，一边不由自主地走过去。他尽量放轻脚步，从背后悄悄接近她。尼僧手持摘取的棣棠花枝，站起来，打算返回山崖那

①日莲式防寒头巾，四方形，套在头上，只露出眼睛，主要用于防寒。

边。走到这里，滋干果然看见山崖的青苔间有一条不明显的狭小的坡路通往山顶，山顶上有一座小门倾斜的房子，大概里面就是庵室。

"请问……"

尼僧忽然发觉身旁有人，大吃一惊，回身一看，滋干像背后被人推了一把一样跌跌撞撞迈上去，结结巴巴地问道：

"请问……您莫非就是已故的中纳言的母亲吗？"

"世人时而这样称呼……请问您是……"

"我……我……我是已故大纳言的儿子滋干。"

滋干无法抑制情绪，突然叫道："母亲！"

大高个的男人一下子跑近前来紧紧抱着尼僧，她踉踉跄跄地跌坐在路旁的岩石上。

"母亲！"

滋干又叫一遍。他跪在地上，抬头看着母亲，像是倚靠在她的膝盖上。白帽子遮挡的母亲的面容，在月光花影的辉映下，可以朦胧看见，小巧玲珑可爱，头后仿佛有一道圆光。四十年前春天在幔帐里面被母亲抱在怀里的记忆清晰再现，历历在目，好像自己瞬间回到六七岁的幼童，使劲推开母亲手里的棠棠花枝，让自己的脸更加贴近母亲的脸。母亲缁袖散发的香气，使他想起昔日的熏香，像撒娇的孩子一样用母亲的衣袖几次擦拭泪水。

富美子的脚

谷崎先生座右：

晚学之辈，素未谋面，贸然致函，尚请见宥。

以下为我叙述之文，内容颇长，先生百忙之中，惶恐之至，切望卒读为盼。

然而，我向您讲述这个故事，有点过于考虑自己的心情，窃以为先生未必感兴趣。如果说多少有点价值的话，或许可以成为先生创作的素材，倘能如此，我毫无异议。岂止如此，应该是极为荣幸。坦率地说，我致函的目的，其实有一个奢望，就是打算日后有机会拜访先生，请求允许将其改编为小说。非先生、非我平素敬仰之先生，大概无人可以理解故事主人公的不可思议的可悲的心态。唯有先生，方可对主人公的身世境遇予以同情。这个考虑，是我致函先生的最初的动机，只要您能看完我所叙述的故事，则心满意足，当然，如能成为大作的素材，则大喜过望。行文至此，一味只顾自己，也许会惹您生气，但即使这样，文中的主人公也一定会感到高兴的。总而言之，这篇故事中的事实，即使对想象力极其丰富、估计阅历无数的先生来说，我相信也绝对有一读之价值。我才疏学浅，写出此文，固不足取，只是请先生留心其中的事实，再次恳请阅完本文。

故事的主人公前些日子已经去世，他姓塚越，从江户时代开始在日本桥村松町经营当铺。我故事中的塚越听说是从先祖传下来的第十代。两个月前，就是今年的二月十八日去世的，六十三岁。这个人从四十岁左右开始患糖尿病，身体肥胖如相扑选手，可是五六年前又并发肺结核，于是一年比一年消瘦衰弱，死前的一两年，瘦得像一根火柴棒，没有人样，于是到镰仓七里滨的别墅休养，由于肺结核比糖尿病更加严重，终于病故了。他到镰仓休养的时候，就打算自己从此隐居退出，把店面交给养子角次郎经营。家里人后来称呼他"隐居、隐居"，所以我的故事里也称他为"隐居"。这个隐居与东京的家族关系很不好，临终之际，赶来见最后一面的就是他的独生女、角次郎的夫人初子一个人。塚越在江户也算是世家，光东京市内就有五六家很有实力的亲戚，但他们在隐居病重期间，极少前来看望，隐居的葬礼也非常简朴，办得冷冷清清。

所以，有关隐居生病的状况、生前死后的情景等，只有在他身边悉心照顾的女佣阿定、小妾富美子和我三个人知道得最清楚。在这里，首先我要交代一下我和隐居的关系——以及我的境遇。我是山形县饱海郡生人，今年二十五岁，美术学校的学生。我家和塚越家是极疏的远亲。我第一次来东京的时候，无处投靠，到了上野车站，怀里揣着父亲的亲笔信，直奔村松町的当铺。当时隐居还是店铺之主，于是我就受到他方方面面的关照。由于这层关系，后来我每年都要去村松町两三次。不过，隐居和我的交往，以前都只是表面形式，最近这段时间——也就是一年半载——才开始亲密起来。故事的主人公固然是隐居，此外还有女主人公小妾富美子，而讲故事的我多少与故事情节也有所牵连。我绝非故事的旁观者，如果从某个角度来看的话，也许我还是个相当重要的角色。因此，我解析隐居心理的时候，也许也是我自己的心理解剖。

那么，我和隐居的关系怎么亲密起来的呢？这个问题的切入点，不如说：我和隐居怎么开始接近的呢？我是一个在山形县穷乡僻壤长大的青年，隐居是一个出生在旧幕府时代江户平民区的老人，两人无论从兴趣、从知识、从人的总体气质上来说，都毫无共同之处。

我是初次进城的乡下学生，十分向往西方文学和美术，我的目标是将来成为一名洋画家。隐居是江户人，是那种典型的地道的江户人，崇尚德川时代的老习惯、老传统。在我看来，还有摆谱装腔的一面，显示通晓风月场所的人情世故，是一个极具平民情趣的老人。无论在谁看来，我们两人都不是同一条道上的人，压根儿话都说不到一块去。这样的两个人能亲密交往，是我主动接近的结果。就隐居而言，家人亲戚都嫌弃疏远他，有这么一个虽说是远亲，却时常去拜访他，一口一个"隐居先生、隐居先生"，他心里当然也很高兴。尤其是他将要死去的那些日子，富美子自不待言，我也是几乎每天都去医院看望他，不然他都不答应。如果最初不是我主动接近，我们就不会有这样的亲密关系。不了解内情的人都善意地认为，因为我同情被亲戚抛弃的隐居的可怜境遇，才那样频繁地进出他的家门。别人这么说，我都感到脸红。我接近隐居的动机其实并没有这么光明正大。坦白地说，与其说我去看望隐居，不如说我想见到富美子。当然我并没有太大的非分之想，见了面会对她怎么样，我深深地知道，像我这样来自乡下的穷学生，想对富美子抱有奢望完全是异想天开。尽管如此，她的身影总是在我的眼前晃来晃去，十天不见，就坐立不安，非常想念。因此，我就寻找各种各样的借口，不管有事没事都往隐居家里跑。

家族之所以厌恶摒弃隐居，是因为他把在柳桥当艺伎的富美子带进家里来。这是前年十二月左右，当时隐居六十岁，而富美子听说才刚刚出道，十六岁。隐居的放荡贪恋女色一直都是家族里的大问题，从年轻时候就开始吃喝嫖赌，快到六十岁时，家族认为这么大年龄了，大概很快就会收敛，也就不像以前那样唠叨指责。我听说隐居初婚是二十岁，后来换了三个老婆，三十五岁时和第三任妻子离异后，就一直单身生活（独生女初子据说是与第一个妻子所生）。之所以这样频繁离婚，除了他寻花问柳的原因之外，还有一个不为人知的、隐藏在他性癖里的秘密的原因，直到最近，一直都没有人发现。不仅对妻子，连对艺伎也是如此，经常见异思迁，看他迷恋上一个女人，可是不到一个月就觉得玩腻了，又去追求另外的女人。这样在女人堆里玩乐的浪荡子，其实他没有真正享受过男女相恋相悦的爱情。隐居倾心相恋的女人可谓不少，但女人委身于他，看中的就是他的金钱，没有一个人用自己真心的爱情予以回报。一个地道的老江户，财大气粗，公认的渔色行家，男人的容貌风采也不在人下，所以有一两个女人对他能一往情深也是情理之中。可是怪得很，他总是被女人厌恶，被女人欺骗。也许因为他是一个见异思迁的人，即使一时对某个女人痴迷溺爱，但女人也不敢对他过分亲密。

他的一个亲戚还这样说过："像他那样狎妓成瘾的浪荡儿，玩起来就没有尽头，倒不如包养个女人好了。有个固定的小妾，也许心会收起来的。"

隐居只有对富美子的态度尤为特殊，前年夏天开始认识富美子，此后，对她的热情一如既往，从未冷却过，而且对她痴迷的程度与日俱增。当年十一月，她从艺伎出道的时候，一切准备事宜都由他一手包办，花费大量金钱让她出道独立开业，但最后他还是难以忍受，索性赎身，也不管妻还是妾的名分，带回村松町的家里。尽管隐居对她如此热情，但女人并不喜欢他，首先双方的年龄相差四十多岁，只要不是傻子或者疯子，谁都明白这个道理，富美子之所以听他的话，乖乖进入他的家门，其目的无疑就是看到隐居来日无多，眼睛盯着他的财产。

我是在去年元旦，登门拜年的时候，第一次发现他村松町家里有一个陌生的女人。我在店铺后面的住房的格子门敲门通报，和往常一样，让我进入紧靠里面的、独立建筑的房屋。

"呀，宇之师傅①（我的名字叫宇之吉，隐居后来把'吉'字省略，叫我'宇之'。他在我的名字下面加上'师傅'，给我一种称呼'手艺人'的感觉，但我不喜欢），你来了。进来啊。哦，你过来。"

这个时候，大概是在喝酒，他的硕壮方正的额头泛着红光，虽然是在家里，却裹着暖呼呼的毛线围巾，钻在被炉里。他说话具有典型的老江户的特色，卷舌音滔滔不绝，说落语②那样的语调，流利顺滑。这时我才看见，与隐居相对而坐的是一个少见如此气质的女子。

我进入客厅的时候，她的一只胳膊放在被炉架上，膝盖斜着张开，脖子和腰身同时向我扭过来。我之所以说"脖子"和

①此处日语，原文为"さん"，接在人名后表示一种轻微的敬意。
②落语，日本传统曲艺形式之一，类似我国的单口相声。

"腰身"同时扭过来，是因为这两样东西如何分别以它们的美丽在我的眼睛里留下美好印象的缘故。如果我以"身子"一词笼统地表现她扭过来的身子，那无论如何也无法表达她在我眼中的印象。就是说，那清秀柔软的脖子与纤弱婀娜的细腰给我传递过来一道又一道的涟漪，而且当荡漾的轻波传过来以后。那波纹还依然留在她身体的某些部位，例如从修长的脖颈直至衣服紧贴的肩膀，仿佛都在摇曳着轻盈的余韵。这个女人的身姿是如此的艳丽优雅。其原因之一也许是她身上的衣服造成的，从当下流行的华丽时尚的眼光来看，她穿的可以说是落伍于时代的、那种朴素的细条纹的绉绸领子的和服，而且下摆拖得很长。隐居没有表现出尴尬的样子，在我和她的脸上来回扫视，说道："这是宇之吉师傅，是我的一个远房亲戚，在美术学校读书。受他老家的父亲所托，我给予力所能及的关照……"

说罢，他眯着眼睛，谁也不看，默默笑起来。就这样，隐居把我介绍给了女人，而这女的是何人，他对我只字不提。

"我叫富美。您不必客气。"

女人显得有点羞涩，边说边低头致意。我也跟着致意答礼。心里感觉有点不知所措。

啊，这女人肯定是隐居的姿吧。

这么一想，我看了一眼隐居。他依然盘腿坐着，红鼻子两边是深深的皱纹，张着外号"蛤蟆嘴"的那张大嘴巴，脸上还是那种令人害怕的坏笑。

我猜测，他的坏笑包含着肯定的含义：你猜得没错，她就是我的妾，让她进门来了。

不仅如此，我很快就发现隐居非常疼爱这个女人。

这个女人并不是特别漂亮，尽管她的优美的身材和容貌符合隐居的洒脱风流的平民情趣。我这么一想，觉得隐居的坏笑里隐含着"怎么样？我挖到了一个不错的女人吧"这种扬扬自得的神气。

作为小妾，穿着下摆拖地的和服，将瓷釉般光泽艳丽的一头浓发梳成散岛田发髻[1]，这就有点不合适，像是艺伎出台陪酒的打扮。这身细条纹的绉绸领子的和服以及发型，大概都是按照隐居的情趣，故意这么装束的（隐居的江户情趣有时候十分异想天开，后来我才知道，我的推测没有错）。我自己的情趣，还是喜欢具有异国情调的女人，不过，看到这个女人一身近乎完美的江户情趣的装扮形态，也没有不舒服的感觉。我说的"完美"，并不是说她的五官外貌完美无缺，不如说，这些不足反而具有一种情调，更加凸显出风流、气质女人的效果。这个女人要全方位地展示她的美，就得有必要的缺点，也就是说，她没有不必要的缺点。

---

[1] 散岛田发髻，岛田发髻的一种。发髻中间结绳处凹陷下去，有一种略微松散的感觉。

她一张鸭蛋脸，尖下巴，脸颊略显消瘦，但没有僵硬的感觉，反而说话的时候，随着嘴唇运动的牵引，恰到好处地荡动着柔嫩、丰满而松软的肌肉，令人产生一种温柔而丰盈的感觉。她的额头比较紧致，发际也不是典型的"富士额"①，从顶部稍稍往下，前发的左右两边都梳上去，留出一小点肌肤，然后又按照富士额的模式向眼角方向延伸。就是说，并不是完整的富士形，有所打破，尤其是直线部分的突破，在乌黑的头发里，故意留出一小部分洁白的额头肌肤，给人一种朦胧感，青幽幽地弯曲进乌发里。——这样的发型对于面积窄小紧致的额头来说，赋予难以言喻的变化和舒坦，更突出了乌黑秀发的光润色泽。她的眉毛略粗、上挑，幸好与乌发不同，眉毛密度较稀，微红，所以没有粗暴的感觉。她的鼻子高而直，形状得体，但并非没有缺点。也就是说，鼻尖部分的肉稍显过多，保持着从眉心到鼻头所形成的平缓笔直的鼻梁线条，到鼻翼根部附近时，却像小腿肚的肌肉一样略微鼓胀起来，钝化了它的尖锐的程度。不过，要我说的话，这样的容貌如果雕刻出这样的鼻子，肯定是一张冷面女人的脸。当然不能说是蒜头鼻，但鼻尖有一点肥肉，还是给人温暖的感觉。然后是她的嘴巴（我这样拙劣的文字细致入微地描写她脸蛋的各个部位，大概给先生带来困惑。不过，

①富士额，富士山形的前额发际。

我还是想细腻地描述她的容颜，让先生更直观地了解富美子究竟是何等漂亮的女人。请先生稍加忍耐，待我细述），鸭蛋般逐渐收缩的下巴处，是一张匀称均衡的可爱小嘴，最可爱之处就是可以说是江户女人特有的地包天的下嘴唇。对，如果那片嘴唇像常人那样收进去，那么，即使那张脸多么端庄，也会失去妩媚的味道，失去狡黠、聪慧的风情。说到聪慧，自然莫过于她的眼睛。水汪汪的、泛着绿贝般皎洁明亮的眼白里，镶嵌着琉璃般晶莹剔透的乌亮明眸，仿佛在聪慧地沉思，犹如阳光照透的清澈水底，一条敏捷机灵的鱼垂下尾鳍在宁静安详地歇息。而眼睫毛，就像覆盖在鱼身上的水藻一样，覆盖着她的眼珠。那长长的睫毛，当眼睛闭上时，睫毛尖都会触及她的脸颊。我从来没见过这般优美、这般动人的睫毛。我甚至觉得，这么长的睫毛会不会影响眼睛呢？她眼睛睁开时，睫毛与眼睛之间的界线就模糊不清，难以区分，感觉黑眼珠被挤到眼睑外面来了。而恰恰是脸庞整体的肤色，把睫毛和眼瞳衬托得如此耀眼醒目。最近的年轻女子（尤其是当过艺伎的女人），喜欢略施粉黛的淡妆，她的肤色不是浓妆艳抹，而是一种如带着毛玻璃般模糊的、梦幻般的微白，唯有眼睛在这种微白的扩散中水灵明媚，如在纸上爬动的一只甲壳虫般灵动鲜活。我对她的描写没有溢美之词，只是写出我的真实感受。

　　一般这样的拜年走访，略微寒暄就会告辞，但今天我好像得到意外收获似的，从上午一直到下午两三点，一边吃午饭一边陪隐居喝酒。女人在一旁斟酒，隐居喝醉了，我也醉意蒙眬。

隐居趁着醉意熏然的劲儿，说道："宇之师傅啊，不好意思，我还没有看过你的画呢。你说是学西洋画的，那油画的肖像画也应该很不错吧。"

"什么应该不错，太不像话了。您可别生气啊。"

富美子的声音显得很亲昵，一边说一边扭动着脖颈后面细长的发际，下嘴唇像兜起什么东西似的，整个脖子伸到我面前。

"我说应该不错，并不是瞧不起你。你也知道，我这个人古板老旧，油画是好是坏，根本看不懂……"

"这就怪了，既然看不懂，就更不应该这么说，这样子太没道理了。"

富美子的口气显得老成世故，冷嘲热讽，又规诫责备。而当时，她才刚刚十七岁。隐居每次受到责备，总要加以辩解，可是他的眼角嘴角一直浮现出发自内心的高兴的微笑。这种高兴的表情由于暴露无遗，反倒让我觉得难为情。

有时他会说："啊哈哈哈，我又说不过她了。"

挠着头，故意夸张地做出唯唯诺诺的样子。这个样子，一看就知道已经完全被富美子捏在手里，变成一个唯命是从的老好人，就像大婴儿一样天真单纯。在场的三个人中，隐居六十一岁，我十九岁，富美子十七岁，最为年轻。但是，如果

133

从说话的口气态度判断的话，顺序恰好相反。在富美子面前，隐居和我都好像被她当作小孩子一样对待。

我奇怪隐居为什么冷不丁提出油画的话题，实际上他是想让我给富美子画肖像画。

隐居说道："油画的好坏标准我是不知道，但我觉得油画比日本画更真实。"

他要我尽量把富美子的形象惟妙惟肖地逼真描绘出来。

我不知道自己的绘画能否达到老人的要求，感觉心里真的没有把握，但出于通过这个机会可以拉近与富美子关系的私心，二话不说一口答应下来。此后每周两次去隐居家里以富美子为模特儿进行写生创作。

东京平民区的老字号商人的住宅结构都大同小异，门面开间较窄，进深宽阔，越往里光线越暗，大白天也像库房一样幽暗。隐居的家也是如此，虽说隐居的居室是独立建筑的房屋，但天阴的时候，下午三点左右就暗得连报纸也看不清楚了。加上正月昼短夜长，放学回来去他家时，外面还相当明亮，但一进隐居的房间，已经是日暮黄昏的感觉。在这样的环境里画油画，勉为其难。光线仅仅是从房间前面大约五坪①的中院照射进来的冬天微弱的阳光，那阳光仿佛已经被太阳遗弃，苍白岑寂，

---

①坪，日本面积单位，1坪≈3.3平方米。

有气无力。

富美子一动不动地坐在昏暗中，那一张瓜子脸，衣领仿佛要掉落下来一样露出大片脖颈的发际，在淡淡的微光照射下，透出惨白的光景。——怎么说呢？刺激我的神经，让我心烦意乱。我真想停下手中的画笔，聚精会神地欣赏这洁白优柔的肉体曲线。

在我正式开工进入创作的阶段，隐居还是通情达理地拿来六十烛①的蓝色灯泡，另外还点燃瓦斯灯，整个室内亮堂堂的，晃得我刺眼。光线的问题，这样总算解决——不，应该说补充得绰绰有余。接下来就是决定模特儿的造型问题，这个比较棘手，隐居起先是说肖像画，所以我自然而然地认为就是半身像之类的画像。

后来，隐居说道："怎么样？宇之师傅。你看，光画一幅坐姿没什么意思。能不能参照这个画册的样子，画一幅这个形态的画像？"

说罢，他从地柜的底下拿出一册陈旧的草双纸②，翻到其中印刷有插图的一页给我看。我记得是种彦的《田舍源氏》③，其中的插图是国贞④所绘。这是一幅年轻女子的画图——年龄

①烛，俗称灯泡的瓦数为烛数。
②草双纸，日本古典通俗小说的一种，盛行于江户时代中期到后期，是当时大众小说的主流。
③种彦，即柳亭种彦（1783—1842），流行小说作家。改编《源氏物语》为《偐紫田舍源氏》（通称《田舍源氏》），是草双纸的合卷本。未完成。由歌川国贞插图。
④国贞，即歌川国贞（1786—1865），江户时代浮世绘画师。

135

和富美子差不多，具有国贞所喜欢的那种美丽的姿色，赤足从远处的田间小道上走来，正要进入一座貌似古寺的荒宅。女子进入荒宅之前，坐在檐廊上，用手绢擦拭沾在右脚上的污泥。上半身向左倾斜，几乎要倒下来的样子，纤细的手臂支撑着倾斜的身体，从檐廊上垂下来的左脚的脚指尖轻轻踩在地面上，右脚弯曲成"く"的形状，右手正擦着脚掌。——这样的形态足以说明，以前的浮世绘画师怀着何等浓厚的兴趣，以何等敏锐的目光细致入微地观察女子柔软的肢体变化，运用惊人的圆熟技巧描绘出来。

最让我佩服的是，女子柔软婀娜的四肢弯曲扭转，变化多端，但都不是随意性的弯曲，它所表现的极其微妙细微的感受力均衡细腻地传遍全身。女子坐在檐廊上，但不是四平八稳的安定姿势，如上所述，上半身向左倾斜，右脚往外弯折，所以，只要把支撑在檐廊上的左臂稍稍拉一下，感觉整个身子就有失去平衡、摔倒下来的危险。为了支撑这种危险，就必须让窈窕苗条的身体如铁丝般绷紧，这就把姿态之美发挥到无与伦比的地步，使得全身的各点都充溢这样的美感。

例如为了支撑看似垮落的香肩，左臂的手掌紧贴在檐廊的地板上，五指如痉挛般弯曲波动。还有，垂在地面的左脚也不是随意性地垂落，其中充满全身的张力，那脚背几乎与小腿呈垂直状态，大拇指的前端像鸟喙般尖起，就是证据。其中画得最传神的是弯曲的右脚与擦脚的右手的关系。这个动作必然是这样的姿势，但弯曲的右脚其实是右手硬把它掰弯的，只要松开右手，右脚就会掉到地面上反弹起来。所以，右手不仅仅只是擦脚，同时还要把右脚拉上来，不让它掉下来。我非常佩服浮世绘画师在这样的地方，可以发挥出精巧工致出类拔萃的才能。因为要画把脚拉上来的姿态，其实只要画手握脚踝或者抓住脚背，这就比较简单，但画师偏偏不这么画，而画的是将手指插进脚的无名指和中指之间，只是轻巧地捏住小指和无名指，感觉勉勉强强把整只脚提上来。而脚一心想把两根脚趾从可爱的小手中挣脱滑落，像受压的弹簧一样挠曲反弹的力量，使得没有支撑点悬空的膝盖轻轻颤抖。我极力描述的画面就是这样，先生大概可以明白吧。

描绘女子的优美身姿，可以是四肢如垂柳般松弛，娇柔无力地茫然伫立，也可以是柔弱慵懒睡美人，各有各的情趣，但这幅画是蜿蜒弯曲的身体，具有鞭子般弹性，却能无损女性特有的美，这无疑是难中之难。"柔软"与"刚直"并存，"紧张"包含着"纤细"，"运动"的背面是"柔弱"，犹如声嘶力竭高声鸣啼的黄莺，可以说具有那种不遗余力的可爱之处。

实际上，要赋予这种姿势的女子所表现的美，必须这样细致入微地把女人每根手指、脚趾从趾尖到肌肉工笔描绘出来，让其满含充沛跃动的生命力。在描绘这个女子的这个姿态的时候，为了不让她不自然地显露媚态，不能说画师没有运用创意、夸张等匠心独运的手法，但这绝非矫揉造作的姿态。以这种姿态表现如此美妙的媚态，就需要具备有柔媚、娇艳、天生窈窕身体等各项条件的女子。如果是一个相貌丑陋、腿短脖粗的胖女人，她的丑态肯定不堪入目。描绘这幅画的国贞，肯定亲眼见过这个美女的这种姿态，她的鲜嫩妖艳打动画师的心灵，于是藏在心底，以备需要的时候运用。否则，仅仅凭借空想，不可能把这么难以表现的姿态描绘得如此完美精妙。

按照隐居的要求，画出富美子那种姿态的油画肖像，对我来说，显然无能为力。即使以我的拙劣手法勉强画出来，也无法达到国贞版画那样优美的效果。隐居再怎么不懂西洋画，我认为这样的要求过于强人所难。他的想法大概觉得黑白的版画都能表现如此生动之美，那么一个活生生的人作为模特儿，改成有着丰富色彩的油画更应该秀色倍增。我再三再四地向他解释，正因为是版画，才能够做到这种细致入微的精巧表现，油画要达到同样的效果，必须具有出色的才华、禀赋和熟练的技巧，所以自己无法完成，难以接受。但是，不管我怎么恳请，隐居就是听不进去。他搬来夏天坐着纳凉的竹制长凳，放在客厅正中间，让富美子坐在上面做出擦脚的样子，要我照此写生。他说反正自己不懂得油画的好坏，只要把她的模特儿姿态多少有点像模像样地画出来，他就满足了。总之让我试试看，不好意思，还给我一定的酬谢金。他一边说一边不停地向我低头求情，死活不肯罢休。

"行了，你就别这么说了，就算我求你了，好不好……"

隐居咧开那张"蛤蟆嘴"，露出令人害怕的坏笑，用说不清是认真还是玩笑的暧昧含糊的口气翻来覆去地重复这件事。我第一次知道，平时为人爽快、通情达理的隐居，原来还有如此固执己见的一面。我意外地发现，隐居还有这种对别人的脚痴迷贪恋、难以自拔的变态心理。这时，隐居的表情感觉实在不可思议。虽然他的说话语气、表面态度与平时没什么两样，但眼色与平时迥然相异。他一边和我说话，眼睛却好像直勾勾地凝聚在别的东西上，眼珠子吸附在眼窝底下，呈现出一种异样的兴奋神情。这无疑暗示着他的脑子已经乱成一团，他的神经已经发疯。在这样的眼神中，一定潜藏着某种非同寻常的东西。隐居被家族厌弃的原因，也许就隐藏在这个眼神的背后。这是我瞬间的直觉，同时也惊吓得我毛骨悚然。

尤其是当时富美子的态度，让我坚信自己的直觉。富美子发现隐居的眼色的变化，露出一种"又来了"的难堪表情，皱着眉头，嘴里喷了一声，接着用呵斥撒娇孩子般的语气说道："你这是怎么啦？人家宇之师傅都说不行了，你还这么无理强求，真拿你没办法。还有像你这种不明事理的人吗？让我在客厅的正中间坐在长椅上，模仿那么难的姿态，我可干不了！"

说罢，富美子瞪着隐居。隐居这回对富美子可是三拜九叩地哀求，又是奉承，又是抚慰，恭维谄媚，讨她欢心，恳求她坐在长椅上擦脚（当然，在隐居恳求的时候，脸上仍然堆着笑容，眼睛却充满异样剧烈的兴奋）。我不能不把自己的请求搁在一边，对富美子表示同情。为什么呢？因为国贞的画只是捕捉女子某个瞬间的动作，让专业模特儿来模仿这个造型都相当困难，这样的姿态恐怕都保持不了三分钟。尽管如此，一向任性的富美子竟然爽快地答应了隐居的要求，极不情愿地坐到长椅上。——我猜测，这里面肯定有某种深层次的原因。我这么想：如果富美子坚决不同意，隐居发疯的眼神就会越发严重，最后发疯的就不仅仅是眼睛，大概还有引发其他言行上的疯狂行为吧？——富美子因为害怕发生这种情况，才不得不屈服妥协吧？

　　"宇之师傅，真是难为你了。这个人跟疯子一样，真没办法。嘿，你能不能画出来都无所谓，哪怕你做做样子，只要他这个人心情舒畅就行了。"

　　富美子坐在长椅上，扔下这句话，更让我感觉我的推测是对的。

　　"这样啊，那我就试试看。"

　　我也只好对着画架，当然这不是我经过深思熟虑决定绘画的决定，而是领会富美子的心理，只是为了不想得罪隐居。

　　然后，富美子模仿隐居拿出的草双纸插图中那个女子的姿势，左臂撑在长椅上，右脚弯成"く"字形，右手捏着脚指头往上提，与原画中的姿态毫无二致。说得简单，其实当时根本无法表达我的震惊。富美子坐在长椅上，一做出那样的姿势，就立即化身为国贞画中的那个女子，也许这样说才能多少接近当时的真相。前面说过，要通过这个姿态表现女人的媚态，必须具备天生的窈窕柔软的肢体，我想，用这样的词语形容富美子四肢的轻柔滑嫩，那是再贴切不过的了。如果富美子没有这般轻柔无骨的身子，怎么能够如此完美无缺、如此严丝合缝地化为画中人呢？听说她做艺伎的时候，擅长跳舞。肯定是这样的。否则，怎么能够一边表现普通模特儿都无法完成的如此高难度的姿势，一边还能轻而易举地充分展示身体的柔韧娇软呢？这让我陶醉沉迷，一次又一次地将画中人与富美子进行比较。——分不清哪个是画哪个是人。是啊，的确越看越分不清人与画。富美子的身体——画中人的身体，富美子的左臂——画中人的左臂，富美子左脚大拇指的前端——画中人左脚大拇指的前端——我一处一处地观察比较，同样的部位都蕴含着同样的力度、同样的紧凑感。尽管有点啰唆，我只是想强调富美子的身子是如何的柔美妖艳。一般的模特儿未必不能模仿画中人的姿势，但在模仿的同时，又能充分展示细腻肌肉每一根曲线的美与力，这就非富美子莫属了。我想说，不是富美子模仿画中人，而是画中人模仿富美子。也可以这么说。国贞是以富美子作为模特儿描绘这幅画的。

隐居从草双纸的多张插图中特地挑选这一张让富美子模仿，这是出于什么原因呢？隐居为什么对这张画情有独钟呢？由于隐居迫切要求的热度过高，使得我不能不这么想。不言而喻，这个姿势要比一般性的姿势更能充分展现富美子身材妖艳妖媚的情趣，但仅仅是这个原因，还不至于让隐居痴迷到眼神发疯、冲昏头脑的地步吧。我对隐居的"眼神"开始怀有疑惑，很快就想到这个姿势的造型中肯定隐藏着某种让老人发狂的东西。如果富美子的造型能够露出一般模特儿露不出来的部分肉体美，自然那就是从张开的和服下摆露出来的双脚的动作——恰好是从小腿到脚指尖部分的曲线。

我从小开始，只要一看见年轻女子那一双完美的脚，就感觉到一种异常的快感，所以，实际上，我早就对富美子的脚的优雅曲线神魂颠倒。笔直的、精雕细刻的白木般洁净修长的小腿，往下逐渐变细，在脚踝的地方骤然收紧，接着缓缓地倾斜到柔绵的脚背，倾斜到尽头，便是五根整齐的脚趾，从大拇指到小指，依序排列，从小指依序逐渐前伸。我的感觉，端详富美子的脚趾排列的形状要比她的容貌更加优美。富美子的"容貌"在世间并不罕见，但她的排列整齐、完美无缺的"玉足"，我是至今见所未见。

如果脚背扁平，脚趾之间分开过大，就和丑女一样，给人不愉快的感觉。而富美子的脚背肉厚，高高隆起，五根脚趾如英语字母 m 一样紧贴一起，秩序井然，整饬有序。就像用黏糯米粉做成脚的形状，然后用剪子剪出脚趾那样整齐划一、排列端正。如果把每一根脚趾比作黏糯米粉用剪子精工细作剪出来的话，那么，用什么比喻脚指头上可爱的脚指甲呢？我想用排列的围棋子比喻，可是要比围棋子富有光艳色泽，而且小巧玲珑。或者可以说是巧夺天工的工匠将珍珠贝壳切割得又薄又细，一片一片精心研磨打造，然后用镊子轻轻地镶嵌进去，丝丝入扣，天衣无缝。

每一次看到这样美不胜收的脚，我都深感造物主造人的时候是多么不公平啊。普通的兽类的脚爪、人的指甲都是"自己长出来的"，而富美子的脚指甲不是"自己长出来的"，而是"被镶嵌进去"。如此一来，富美子的脚指头生来就带着一粒粒宝石。如果把脚指甲切下来，串联成珠，一定会成为女王的金光璀璨的首饰。

这一双脚只要随意踩在地上，或者漫不经心地放在榻榻米上，就足以形成一座庄严建筑物般的美观。她的左脚由于受到将要横倒下来的上半身的影响，使劲伸向下方，只用踩在地面上的一根大拇指支撑整条腿的重量，指尖紧紧踩在地上。所以，从脚背到五根脚趾的皮肤都绷得紧紧的，同时又显现出惊恐不安的表情，畏缩一团（我用"表情"来形容脚，也许感觉可笑，但我相信，脚和脸一样，都有表情，从脚的表情就可以知道这个女人是感情丰富还是感情冷酷）。如同受到惊吓将要飞起的小鸟，翅膀紧合，气息收拢肚中，胸脯饱满那个瞬间的感觉。她的脚背像弓一样有力地绷起，连内侧的软肉折叠起来的形状都看得一清二楚。从背面看，玲珑剔透的五根脚指头如干贝，排列齐整。

　　另一只脚，则由右手提到离地二三尺的空中，呈现出截然不同的表情。我要是说"脚在笑"，或许一般人都无法理解。即使先生，恐怕也是表示怀疑吧。但是，我除了用"笑"之外，找不到其他更贴切表现右脚表情的词汇。那么，这右脚是一种什么状态呢？小指与无名指这两根脚指头被捏着提起来，吊在空中，剩下的那三根脚趾互相散开，就像被人挠痒脚心时那种扭曲的娇憨之态。当脚心被挠痒时，脚背和脚趾往往都会做出这样的表情。因为被挠痒，就会忍不住发笑，所以用"脚在笑"表现表情也就顺理成章了。我刚才说"娇憨之态"，就是脚趾和脚背朝着相反的方向使劲弯翘起来，这时候相连接的关节就出现很深的凹陷——整个脚就像轮饰①一样弯曲如虾，我觉得，这的的确确给观者呈现出一种媚态。如果不是富美子这样具有舞蹈的软功基础，身体的关节能够自由自在地伸缩自如，脚趾

---

①轮饰，稻草环。日本过年时的饰物，用稻草编成环，下面垂几根稻草穗，插入交让木等，挂在门口柱子上。

和脚背根本不可能弯翘到这种炫目娇柔的程度。这里有一种婀娜多姿的女子翻身起舞的娇态。

还有一个不能遗漏的就是圆浑肥润的脚后跟。大凡女人的脚，从脚踝到脚后跟的曲线都会有间断，但是富美子几乎无可挑剔。我多次绕到她身后，并没有什么事，只是为了能够欣赏从正面看不到的脚后跟的曲线，悄悄地，贪婪地注目凝视，深深地烙在脑海里。她的皮肤里面究竟是什么样的骨头，她的肌肉又是怎样附着在骨头上，才会结合成如此优雅、浑圆、光艳的脚后跟呢？富美子从出生到十七岁之前，她的脚后跟除了榻榻米和被褥，大概没有踩过其他坚硬的东西吧。我想，我生为男人，要是能变成如此美丽的脚后跟，附着在富美子的脚底下，不知道该是多么的幸福。不然的话，我变成榻榻米，让富美子的脚后跟踩着我。要说这世上，我的生命与富美子的脚后跟哪一个更珍贵，我现在的回答是后者。要是为了富美子的脚后跟，我可以含笑而死。

富美子的左脚和右脚——如此几近相似、如此美艳无比的姐妹，世上还有第二个吗？这两个人不正是以各自独特的美艳风姿在争奇斗艳吗？——我花费大量笔墨强调她的美，但我最后还想补充一句。那就是覆盖这一对美丽姐妹——她的一双脚——的肤色。无论形态多么完美，如果肤色不好，那就不能称为绝色。我想，富美子也为这一双脚引以为自豪吧，入浴的时候，也会和对待自己的脸蛋一样，珍爱这一双脚吧？总之，她一年到头每天都是精心修饰皮肤，保持着象牙白般皎洁、光滑、滋润的色泽。说实在的，象牙也没有这样神秘的色泽。如果象牙里流动着年轻女子的热血，或许还能出现几分与之相近的鲜嫩与神秘交织的不可思议的色泽。

这双脚十分白皙，但并不是一片白色，脚后跟周围、脚指尖都晕渗着淡淡的蔷薇色，勾勒出微红的边缘。这让我想起牛奶加草莓的一种夏天饮料，草莓汁融化在白色牛奶里的那种颜色。——富美子的脚的曲线流淌的正是这种颜色。可能是我的胡乱猜测，说不定她为了故意炫耀自己这一双美妙无比的脚，才那样痛快地答应摆出这种别扭的造型。

我对异性的脚的心态——只要一看见女人美丽的脚，就立即情不自禁地产生难以抑制的憧憬之情，如同对神佛的崇拜之心，这种不可思议的心理作用——从小就潜藏在我的内心深处，虽然年龄还小，但也知道这是一种不可启齿的病态心情，尽量隐瞒不让别人知道。

然而，最近我从书上看到，像我这样具有对女人的脚疯狂迷恋的心理作用的人不止我一个，世间将这种对异性的脚的渴望崇拜的拜物教徒——称为"Foot-Fetichist"（恋足癖），事实上，这个世界上还有无数像我这样的人。此后，我开始暗中寻找我的伙伴，在什么地方总会有一两个吧。没想到这么快我就发现塚越的隐居就是我的一个伴侣。他和我不一样，他不看心理学之类的书，当然不会知道 Foot-Fetichist 这样的新名词，做梦也不会知道这世间还有很多与自己志同道合的人。恐怕正如我小时候所想的那样，相信只有自己染上这种恶心的性取向怪病。如果像我这样的年轻人，还能理解，可是以潇洒传统的老江户自居的隐居，他的心里居然也深藏着这种现代的病态神经，这本身就是一种时代错误。"像我这样通晓风月之道的人，为什么会染上这种莫名其妙的怪病呢？"——隐居大概皱着眉头自怨自艾，担心一旦传出去，实在无脸见人，羞愧难言。如果我自己没有得上这可诅咒的病，也不会以怀疑的眼光观察隐居的行动，他大概永远也不会对我暴露心中的隐秘。我从一开始就发现他的言行举止中深藏一种不同寻常的东西，他偷偷摸摸窥视富美子的脚的模样和眼神就觉得奇怪。所以我故意试探他："这么说怨我轻率，她的脚的形态真的非常美。我每天在学校里见惯了女模特儿，还没有见过这么完美、这么漂亮的脚。"

我是故意观察隐居的反应，他果然顿时满脸通红，瞪着闪闪发光的眼珠子，挺吓人的，为了掩饰他的难为情，开始苦笑。但是，我主动出击，向他讲解脚的曲线在女人的肉体美中是多么重要的因素，崇拜美脚是任何人都具有的普遍性情感。听了我的话，他逐渐放下心来，于是一点点地露出马脚。

"隐居先生，我虽然刚才表示反对的意见，但是您对她说要

147

做出这样的姿势造型，的确是有道理的。因为这样的姿势可以毫无保留地充分展示她的脚的优美。所以说，隐居先生并不是不懂画啊。"

"哦，谢谢。宇之师傅你能这么说，我很高兴。我虽然不了解西方的风俗，但我们日本的女人自古以来就以美足引为骄傲。所以你看，幕府时代的艺伎，为了展示自己的美足，大冬天也不穿袜子。这就是客人们称赞的所谓风流气质。如今的艺伎出局陪酒也都穿着布袜，完全不懂规矩。尤其是现在的女人，脚都脏兮兮的，叫她脱，她都不敢脱。所以啊，这个富美子的美足，世所罕见，我就坚决要求她，任何时候都不要穿袜子。"

说到这里，隐居欣喜至极，翘起下巴，扬扬自得地笑起来，最后趁着高兴劲儿这样说道："宇之师傅要是能理解我的心情，我就没什么可说的了。画得好不好，这都无所谓。所以啊，如果你觉得画起来比较麻烦，其他部分都可以不画，就把这双脚给我好好画出来就行了。"

肖像画，一般都是画脸，可是隐居要我只画脚就行了。因为我和隐居同病相怜，从这一句话就对他确定无疑了。

后来，我几乎每天都去隐居家里。即使人在学校，富美子的美足也是始终在我眼前浮动，根本无法工作。可是反过来说，我即使去了隐居的家，也无法聚精会神地绘画，只是马马虎虎地草率对付，大部分时间都用来观赏富美子的脚，和隐居一同赞美这双脚。富美子十分了解隐居的这种病态的嗜好，虽然当模特儿很无聊，不时流露出厌烦的表情，但基本上还是默不作声，对我们的赞美之词也是充耳不闻。

虽说是模特儿，其实并不是给别人写生的模特儿，而是成为疯老人和青年的四只眼睛的痴迷恍惚的视线——她的感觉是一种令人不寒而栗的视线——注视的目标。本应该受到崇拜的模特儿，可是富美子的处境却十分尴尬。这样一来，天生的一对美足反而给她带来意想不到的麻烦。一般的女人，大概都不会充当这种荒唐愚蠢的角色，正因为富美子聪明，才这样心甘情愿地成为老人的玩具，满不在乎。说到玩具，也就是把自己的脚丫给他们看，让他们顶礼膜拜，让他们高兴得晕头转向，这样的话，从某个角度来看，应该是很轻松的事情。

随着我与隐居的交往日趋亲密，无话不谈，他的病态的性取向赤裸裸地暴露无遗。我出于好奇心，进一步将老人往深处引导。为此，自然也需要我主动向他坦诚自己的卑劣性癖，而且我故意夸大其词，无中生有地编造过去的丑恶体验，目的是为了从隐居的脑子里彻底清除羞耻的观念。现在想起来，自己当时这样做并非单纯出于窥探别人私密的好奇心，也许更是受到潜藏于自己心灵深处的一种难以抑制的欲望的驱使。也许在我与隐居成为同道者以后，便继续想搜寻他的卑鄙的感情深处的东西。隐居听了我的自白以后，表示深有同感，也把与我相似的自身体验毫无保留地告诉了我。

他从小时候到六十多岁这长久的体验，经历丰富，有着远比我充满滑稽、丑恶、奇特的故事。要是在这里一一记述，数量庞大，所以全部略去。不过只写其中的一个奇特的例子，就是隐居将竹长椅作为模特儿的舞台道具，并不是第一次搬到客厅正中间，以前就经常在房间里，让富美子坐在那张长椅上，自己像狗一样趴在她的脚边嬉戏。隐居说，比起自己作为一个丈夫对待她，富美子对这样的行为感到极大的快感……

那年三月底，隐居终于办理了真正"隐居"的手续，将当铺转让给女儿两口子经营，自己搬到七里滨的别墅居住。表面上是由于自己的糖尿病和肺结核日趋严重，遵照医嘱转地疗养，实际上是避人耳目，带着富美子在这里过着肆无忌惮的荒唐放荡的生活。

但是，搬到别墅后不久，隐居的病情真的开始恶化，表面的理由变成了真实的理由。他这个人对疾病一贯藐视，患糖尿病是不能喝酒的，他喝酒依然如故，自然病情更加严峻。比糖尿病更可怕的是肺病，令人担忧。每天一到傍晚，体温就高达三十八九度。身体以前就开始逐渐消瘦，但是最近半个多月，一下子瘦下来，形销骨立，面容憔悴，与先前判若两人。当然也就不能再和富美子嬉戏玩闹了。

别墅建在山腰，面对大海，他住在朝南的一间十叠大的、阳光充足的大房间里，他的床铺对着明亮的檐廊，平时躺在被窝里，已经有气无力，只在一天三顿饭的时候才起身。隐居时常咯血，躺下来以后，煞白的额头对着天花板，闭着眼睛，仿佛已经死去，他看样子已经做好最后的思想准备。镰仓某家医院的 S 医生隔天前来诊疗，每次都悄悄地提醒富美子："病情不容乐观。高烧不退，可能会早点走。即使烧退了，这样子恐怕也拖不过一年。"随着病情的恶化，老人越来越难伺候，他嫌饭菜味道不好，经常呵斥女佣阿定。

　　"这么甜的东西，我能吃吗？你看我是个病人，故意欺负我吧……"

　　他嘶哑的嗓门，痛苦的声音，还满嘴脏话，不是说盐搁多了，就是说料酒放多了，拿出他"事事在行"的那一套看家本领，百般刁难，无理取闹。其实是因为他身体的变化，舌头的感觉也变得迟钝起来，即使给他再好吃的东西，也不能遂他的意。隐居的脾气变得十分暴躁，顿顿饭都要痛骂阿定。

　　"又不讲理了……你说不好吃，这不是阿定的错，是你自己的口味变了。你是个病人，不要老说这种任性的话……阿定，不要紧的，别管他。要是觉得难吃，别吃就是了。"

　　当隐居火气上来焦躁不安的时候，富美子总是这样斥责他。被富美子这么一呵斥，隐居就像耗子见了猫似的立刻消停下来，垂头丧气，老老实实地闭上眼睛。这个时候，富美子就像驯兽师一样，把威猛凶悍的老虎、狮子驯得服服帖帖，令旁人看得胆战心惊。

对这样蛮不讲理、难以伺候的老人，不知道从什么时候开始，富美子具有绝对的权威。也正是从这个时候开始，富美子经常置病人于不顾，离开别墅，不知去向，有时候半天一天都不回来。

"今天我要去买东西，顺便去一趟东京。"

她自言自语地说着，不管隐居是否同意，就开始匆匆忙忙地准备行装。说是去购物，却精心修饰打扮，然后扭头就走。富美子的这种放荡（是的。她的行为无疑就是放荡荒唐。隐居死后，她拿到不少遗产，很快就和当过演员的 T 结婚。大概从这个时候开始，她就偷偷去与那个男人幽会），已经到了肆无忌惮、旁若无人的地步。

隐居的家族早就对他痴恋这样的女人极其厌恶，所以没有一个人对他提出忠告。这些家族都觉得，现在隐居卧病在床，朝不保夕，受到这个薄情寡义的小妾的虐待，陷入这样的命运，完全是他自作自受的结果。

而从富美子的角度来说，自己年轻漂亮，却整天守着一个骸骨般的老人，每天只能远眺单调无味的大海，肯定极其郁闷无聊。她从一开始就对隐居没有丝毫的爱情，只是想尽量榨取最大的利益，而且又遭到隐居家族的鄙视、抛弃，绑在这么个大病在身无法动弹的老人身边，所以她判断现在正是时机，等不及老人的死去，就迫不及待地暴露出她的本性。

就这样，富美子差不多每隔五天就要出门，每到这一天，病人的脾气就变得特别糟糕。平时富美子一说他，他就惶恐害怕，像猫一样缩头缩脑，可是一见不到她的身影，心情就立刻烦躁起来，大发脾气，把气都撒在女佣阿定身上。在他骂骂咧咧的时候，只要一听见富美子回来的木屐声，立刻停止谩骂，不再发声，假装睡觉，一副什么事都没有的样子。女佣阿定见他这种说变就变的态度，简直不可思议，也忍俊不禁。

别墅里除了隐居、富美子外，还住着女佣阿定、烧饭的女佣、负责洗澡的男人，一共五个人。富美子基本不照顾病人，主要还是由阿定看护。医生劝隐居雇一个护士，但隐居绝对不愿意。为什么呢？——虽然隐居现在的身体是卧床不起，但偶尔也会起来，其实他的那个秘密的性癖还没有停止，如果护士在身边的话，就会影响他的欣赏乐趣吧。知道这件事的，只有他本人、美足的拥有者富美子、我及阿定四个人。

自从隐居搬到镰仓以后，我就一直过来，说是想念富美子，不如说迷恋她的美足。富美子也不是每天都出去，没有人和她说话，也觉得寂寞无聊，所以她很欢迎我去。我经常不去学校，在别墅里一连住两三天。但是，隐居比富美子更欢迎我去。这也不是毫无道理，也许因为我不在他身边的话，他就无法充分享受秘密的欲望，得到最大的满足。也可以这么说，对于卧病在床的隐居来说，我的存在具有和富美子存在同等程度的重要性。隐居背部长有褥疮，而且无法自己上厕所，这样的身体状态，当然不能像狗那样趴在富美子的脚边，虽然能够欣赏她的美足，自己却不能像以前一样行动。无奈之下，只好把那张竹长椅摆放在枕边，让富美子坐在上面，让我像狗一样地趴在她脚边，隐居则目不转睛地观看这样的情景。这个时候，注目观赏的隐居以他极度衰弱的体力感受到难以承受的强烈刺激，沉浸在剜心裂胆般巨大的快感里。同时，像狗一样趴着的我也受到和隐居一样的刺激，刹那间感受到同样的快感。所以我非常高兴接受隐居的要求。即使隐居没有要求我，我也会主动做出各种各样模仿的动作。如今我把当时的情景一个一个写出来，回想起来，历历在目。……富美子把脚踩在我脸上的时候，我的心情——我相信，我的脸被富美子的脚踩踏的心情，肯定比在一旁观看入迷的隐居的心情要幸福得多。——总之，我作为隐居的替身，在他面前，表演各种崇拜、神圣化富美子美足的行为给他看。从富美子的角度来说，或许她会想，这两个男人把自己的一双脚作为玩具，简直就是世间怪物。

隐居残暴的性癖由于找到我这样的同道者，导致他的肺结核病情恶化与日俱增。我把这个可怜的老人拖进这样深不见底的境地，不能说我没有罪过。但是，隐居很快就对只能观看我的模仿动作感到不能满足，他希望设法接触富美子的脚。

"富美啊，求你了，把你的脚踩在我的额头上吧。这样子我就死而无悔了……"

隐居的喉咙里堵着痰，喘着即将断绝的最后一丝气息，用微弱的声音还在央求。于是，富美子皱起美丽的眉头，做出像踩到一只毛毛虫一样恶心苦涩的表情，一言不发，将她柔软光滑的脚后跟放在病人苍白的额头上。色泽鲜美、滋润圆浑的美足下面，是一张瘦骨嶙峋、脸颊尖鼓、安静闭目的病人的脸。——我仿佛觉得，这一张土黄色的、毫无表情的脸，如同融化在温煦朝阳里的寒冰那样，怀着对无上恩宠的感谢之情，死一般地安眠过去。有时候，他会把瘦小枯槁的双手缓缓伸上去，无力地摸一摸富美子的脚背。

如医生所预言的那样，到了今年二月，隐居陷入病危状态。但是，他的意识还相当清醒，有时候像突然想起来似的一直谈论富美子的脚。他几乎没有食欲，但是当富美子用棉签蘸着牛奶、肉汤之类的液体，然后用脚指头夹着棉签送到他嘴边的时候，他会贪婪地不停吮吸。这个方法原先是隐居想出来的，后来随着病情的加重，就一直沿用下来，成为习惯。不用这样的方法，其他任何人给他吃什么，他都不吃。即使是富美子，如果不用脚，用手喂他的话，他也不吃。

155

临终那一天，富美子和我从早晨就守在他枕边。下午三点左右，医生过来，打了一针强心剂，就走了。

隐居说道："啊，我不行了。……马上就要咽气了。……富美，富美，你把脚放上来，一直到我死去。我要在你的踩踏中死去……"

他的声音极度微弱，几乎听不清楚，但是语气十分坚定。

富美子还是一言不发，表情十分冷漠，把脚放在病人的脸上。一直放到隐居五点半去世为止，刚好两个半小时，就这样被富美子的脚踩踏着。如果是站在地面上踩，很快就累得受不了，所以把长椅放在隐居的枕边，坐在上面，左右脚交换着放上去。这中间，隐居只是轻微地说了句"谢谢……"点了点头。但富美子一直默不作声。她的嘴角浮现出一抹浅笑，也许是我的心理作用吧，总觉得她似乎在说："唉，没办法。这是最后一次了，忍耐一下吧。"

大约死前的三十分钟，从日本桥的本家急急忙忙赶来的女儿初子自然目睹这一幕不可思议的、说不清是卑劣是滑稽还是可怕的景象。她见父亲的最后一面，与其说是悲哀，不如说是恐惧惊悚，浑身僵硬，不敢直视，如坐针毡。而富美子若无其事，仿佛是在说"这是他让我这么做的"，依然把脚放在老人的眉心上。就初子的身份而言，她该是多么痛苦难过啊，可是就富美子的心态而言，出于她对本家人的反感，就是打算要侮慢

156

他们一次，所以摆出一副故意做给他们看的姿态。但是，没想到这个故意做出的姿态给病人带来无比的慈悲。由于富美子的这个行为，老人在无限喜悦的心情中停止呼吸。隐居的脸上那一只富美子的美足，就像是从天而降的、前来迎接自己灵魂的紫色祥云。

先生：

塚越老人的故事到此就结束了，我本打算只是简单地介绍其梗概，没想到拖沓成这么冗长的篇幅。我的拙劣的写作方式浪费您很多宝贵时间，十分过意不去。不过，这个老人的故事是不是具有先生一读的价值呢？例如，这个故事里是否潜藏着有关人性的固执性这样的暗示呢？我笔头浅陋笨拙，但我坚信，如以先生如椽之笔加以修饰、润色，一定可以加工成为出色的小说。

搁笔之际，谨祝先生佳作丰硕。

野田宇之吉

大正八年①五月某日

①即 1919 年。

蓝　花①

---

①蓝花，典出德国浪漫主义诗人、作家、哲学家诺瓦利斯（1772—1801）的未完成小说《海因里希·冯·奥弗特丁根》（日文版译为《蓝花》）。描写中世纪诗人奥弗特丁根梦见一朵蓝花，念念不忘，决定漫游世界，寻找自己的根。"蓝花"在这部作品中是一个神秘的象征，与少女玛蒂尔德的形象重叠，暗示超越生死的永恒性。

"你这一阵子又瘦了。怎么回事啊？脸色也不好……"

刚才在尾张町的十字路口碰见朋友 T。听 T 这么一说，他立即想起昨天晚上和阿具里的事来，顿时感觉连走路都非常疲惫。T 其实并不是有意识地说这句话。因为他与阿具里之间的关系，现在已经不再有人讥笑嘲弄，他们两人即使在银座大街上散步也不会有人说三道四。不过，对于神经质、爱虚荣的冈田来说，这句话还是给他不小的打击。他觉得最近遇见的人，都异口同声地说他"瘦了"。实际上，这一年里，他自己也觉得瘦得厉害，感到害怕。尤其这半年里，过去满脸红光肥嘟嘟的肉体一个月一个月消瘦下来，有时候甚至一天的工夫就非常明显。

以前每天洗澡，都要对着镜子，检查全身的消瘦情况，成了习惯，但最近害怕照镜子。过去——说起来也就是两三年前，人们说他的体型像女性。和朋友一起去澡堂洗澡，他就很自豪地说道:"你瞧,怎么样?我这体型,看上去像女人吧。你可别起歪心啊。"——尤其"像女人"的主要是腰部以下的部分,丰腴、白皙,臀部浑圆隆起如十八九岁的姑娘,他曾经经常对着镜子抚摩,自我陶醉。

他喜欢和阿具里一起洗澡,将自己肥胖得失去任何线条的大腿、小腿,油胖胖如猪蹄一样的丑陋的脚与她的身体进行比较。当时阿具里还是十五岁的少女,她的脚像西方人那样细长清秀,而他的脚就像牛肉店里打工的女佣的一双粗脚,摆在一起的时候,更显得阿具里小巧美丽,她高兴,他也高兴。阿具里跟疯丫头差不多,经常让他仰躺在地上,她就像踩年糕一样踩踏他的大腿,跨来跨去,还坐在上面。

而现在,这双脚怎么会瘦成这个样子,自己都觉得可怜。以前的膝盖、踝关节等都像裹上一层细白粉一样,紧凑坚韧,有一个可爱的小窝坑,后来不知不觉地变得骨头凸起,在皮肤里面骨碌碌转动,目不忍睹。血管也是青筋暴出,如蚯蚓般蜷曲。臀部越来越扁平,坐在硬东西上,就像两块木板互相撞击的感觉。前一阵子还看不到肋骨,现在从下面开始一根根接连着竖排起来,能清晰看见从胃到喉咙这部分的人体结构原来是这个样子,觉得可怕。他吃得多,一直挺着大肚子,心想这应该没问题吧,没想到这大腹便便也逐渐凹陷下去,照这样子,也许连胃都能看得见。除了腿部"像女性"外,还有手臂,这也是他引以为豪的。——他把衣袖挽上去，连女人都赞不绝口，还调戏看得迷恋的女人说"深恋此手臂，翩翩海滨鸽"，[①]至今还带着偏袒的眼光，觉得手臂看上去还是像女性的柔腕——怎么看也不像是男人的。其实呢，他的胳膊与其说是人的手臂，不如说是一截木棍，就像身体两边垂下来的两支铅笔。骨头之间所有的凹处都已经没有了肉，没有了脂肪，不知道还会瘦到什么程度。——这一副骨瘦如柴的样子，居然还能活着行动，简直不可思议，十分难得，连自己都感到震惊。——这么一想，他觉得自己的神经受到极大的威胁，脑子一下子晕眩起来，后脑勺顿时麻木，双膝哆嗦弯曲，要直接仰面倒下的感觉。——当然不仅仅只是心情的问题，还有神经的实际感觉。他明白，这一切都是自己长期声色犬马生活的报应——还有糖尿病的因素，但这也是报应之一——现在固然追悔莫及，但可恨的是，这种报应竟然如此迅速，出乎意料，不是病在内脏，而是在他最赖以自豪的肉体、外形上显现出来。才三十多岁，身体本来不应该衰老虚弱成这个样子的啊！他真想捶胸顿足地痛哭一场。

"哦，你看——那戒指不就是海蓝宝石的吗？是吧？戴在我手上好看吗？"

阿具里突然停下脚步，忙不迭拽住他的衣袖，看着橱窗，

①深恋此手臂，这句歌词典出歌舞伎舞蹈的长唄《吉原雀》，樱田治助作词。原意的"手"指的是"手段"，此处利用谐音字，实指自己的手臂。

嘴上说"戴在我手上好看吗",同时把她的手背伸到冈田的鼻尖上,五根手指又是后翘又是弯曲给他看。——五月下午的银座大街,可能由于照射着明亮辉煌的阳光的缘故,她的那一双除了接触钢琴键之外,还从来没有碰过别的坚硬东西的,柔嫩、纤细、修长的手指显出格外的妖艳圆润的光泽。

他以前去中国游玩,在南京的一家妓院里,看见一个叫什么"妓生"的女子放在桌上的手指,那无骨柔荑犹如温室里的花朵,于是觉得这世间唯有中国女子之手才会极尽纤细之美。不过,眼前这个少女之手也仅仅比自己见过的那双手略大一点而已,略像一点人的手。如果那是一双温室里的花朵,那这一双就是野生的嫩草吧,而且可以说她像是人的手要比中国女子更令人感觉亲切。要是这样一双手将福寿草种植在小花盆里,该是多么可爱啊……

"哦,怎么样?你说戴在我手上好看吗?"

她把手放在橱窗前面的栏杆上,像舞蹈中的动作那样使劲把手指翘起来,似乎把最关键的海蓝宝石戒指忘在脑后,只是一味地欣赏自己的手指。

"……"

冈田不记得是怎么回答的。他的眼睛也盯着和阿具里同样的地方——脑海里自然而然地浮现出与这双美丽的手相关联的种种空想。如今想起来,从两三年前以来,自己朝朝夕夕把这双手——无比深情爱恋的一片肉——像黏土一样放在手掌上搓揉，像手炉一样揣在怀里，含在嘴里，放在手腕下，放在下巴下玩弄，有意思的是，自己逐年老去，但是她的这双手神奇地一年比一年年轻。她还是十四五岁的时候，手指泛黄，发皱，密密麻麻全是细纹，如今却是细皮嫩肉，圆润饱满，光洁柔滑，无论多么寒冷的日子，依然光润细腻，这珠圆玉润般的肌肤，连戴上的金戒指都黯然失色。……这天真纯洁的手，这孩子般的嫩手，这婴儿般柔弱的手，这荡妇般婀娜的手……啊，这双手如此青春，让自己往昔今日都不顾一切地追求欢乐，可是自己为什么变成如此衰瘦孱弱呢？只要看一眼这双手，自己就会回忆起昔日它所挑逗的种种密室里的游戏，可恶的刺激，使得自己的脑子阵阵疼痛。……定睛凝视这双手，冈田觉得这简直就不是手。……白昼——银座大街上——这个十八岁姑娘的部分裸体——虽然只有手裸露出来……但是，她的肩膀部位也是如此，她的腰部也是如此……她的腹部也是如此……她的臀部……脚……她身体的每个部位都极其可怕地无比清晰地浮现出来，变成一个奇怪地趴着的形态。不仅肉眼看得清清楚楚，而且能够感觉她具有十三四贯①沉甸甸肉块的重量。……就在这个瞬间，冈田忽然意识模糊，后脑晕乎，差一点就要倒下

①贯，1 贯 ≈ 3.75 千克。

去。……真混！……他猛然振作精神，打消妄想。……站稳有点摇晃的脚步。

"那我们一起去横滨，你给我买吧！"

"啊。"

两人边说边向新桥方向走去。——打算从这里前往横滨。

今天给阿具里买了很多东西，她一定非常开心。山下町的亚瑟本特、连卡佛，还有什么印度人经营的珠宝店、中国人经营的西服店，冈田对她说，只要去横滨，适合你的东西多的是。你是具有异国风情的大美人，那些传统的、毫无情趣的，还花钱的和式服装根本不适合你，你看看西方人和中国人，你要学习她们不花大钱，就能把自己脸蛋轮廓和皮肤特色凸显出来的装扮方法。你以后就这样打扮，那是最好不过的了。——听冈田这么一说，阿具里今天满怀希望。她一边走，一边想象，自己在法兰绒和服里面的白皙肌肤，在初夏温暖的天气里感觉微热出汗而平静喘息——这舒畅伸展如马驹般健康的四肢肌肉——很快就要脱下"不合身"的和服，戴上耳环，挂上项链，罩上或绢或麻的轻薄柔软的半透明胸罩，穿上精美奢华的高跟鞋……变成一个走在街上的西洋人。

因此，当迎面遇见一个西洋人时，她就目不转睛地盯着对方，还不厌其烦地问冈田："那个项链怎么样？那顶帽子怎么样？"冈田也是同样的心情，在他眼里，凡是年轻的西洋人一律都是身穿西服的阿具里。……这也想给她买，那也想给她买……可是，虽然有这样的想法，心情却一点儿也高兴不起来，这又是为什么呢？因为接下来就要和阿具里开始有意思的游戏。晴空万里，风清气爽，五月的天空到处充满愉快的气氛。"蛾眉青黛红巾眘"……给她穿上轻软的新衣服，穿上所谓的"红巾眘"，把她打扮成一只活泼可爱的小鸟，坐上火车，带她去秘密的幽会之处寻欢作乐。

望见辽阔的蔚蓝色大海的海景房也可以，隔着窗玻璃眺望绿树葳蕤青翠的温泉房也可以，行人稀少的外国人街道上幽暗雅致的旅店也可以，自己一直梦想着在那样的地方与阿具里进行快乐的游戏。——自己就是为此而活着——为这样的游戏而活着。……那时，她躺着，如一头豹子……戴着项链和耳环的豹子……自小饲养听话、对主人的爱好习惯都了如指掌的豹子，但是它的精壮、敏捷屡屡让主人难以对付。纠缠、戏谑、搔挠、掐打、蹦跳……最后还会吮啄，仿佛撕裂他的身子，吸干他的骨髓。——啊，这游戏！只要想一想都会摄魂夺魄，心迷神醉。他不由得兴奋到极点，浑身颤抖。突然，他又一次头晕目眩，意识远遁……他想，这三十五岁的生命是否就这样扑倒在横滨的街头就此终结呢？

"哎呀，你死了？真没辙。"

阿具里呆愣地看着躺在自己脚边的尸体。午后两点的阳光耀眼地照射在尸体上，在瘦骨嶙峋地凸出来的颧骨所形成的凹处投下浓郁的阴影。反正你早晚要死去，还不如多活半天，陪我去横滨买完东西再死，那多好啊！阿具里气恼地咂着嘴巴。最好尽早不和他沾边，可是也不能丢下不管啊……对了，这具尸体的衣兜里还有几百日元的钱，这应该是用来给我买东西的。——你死的时候，至少要说一声啊，也算是给我的遗言——这个男人这么傻乎乎地溺爱我，我要是从他的衣兜里把这钱取出来，给我自己买东西，再和我喜欢的别的男人相好，他大概也不会怨恨我吧。他知道我是一个多情的女人，不但默许我，有时候甚至还会为我高兴呢。——阿具里给自己编造理由，于是心安理得，从衣兜里把钱掏出来。即便他变成鬼怪跑出来，也不害怕，他即使变成幽灵，也照样对我言听计从，对我百依百顺……

"嗯，幽灵先生，我用你的钱买了这样的戒指，买了这样镶花边的裙子，你看啊（掀起裙子给他看），这是你喜欢入迷的脚——你看看我漂亮的脚丫，这洁白的丝袜，这扣在膝盖处的淡红色的袜带，这些都是用你的钱买的哦，你说我挑东西的眼光还不错吧？你不觉得我就像天使一般优秀吗？你死了以后，我还是像你生前所希望的那样，穿着漂亮合身的衣服，在世上又蹦又跳，开心欢乐。我绝对高兴，我真的高兴，因为你希望我这样，你也一定高兴吧。因为你的梦想就是变成我、变成如此美丽的我，活得出色精彩。……哦，幽灵先生，迷恋我、死不瞑目的幽灵先生，给我笑一个吧！"

说罢，她紧紧搂抱冰冷的尸体，抱住那皮包骨头的枯柴尸体，皮骨嘎吧作响，她紧紧抱在怀里，直至他哭着说："噢，我受不了了，饶了我吧。"如果这样他还不屈服的话，她还会千方百计地进行诱惑，疼爱他直至皮肤破裂、血液（已经干涸）滴答流淌、一根根骨头碎断。这样子的话，幽灵大概也不会有什么怨言。

"怎么样？你还有什么想法吗？"

"呜……嗯。"冈田嚅动着嘴唇。

就这样一起愉快地行走。——应该不会有这样的愉悦，可是自己的心与她不合拍。悲哀的联想从中腾涌上来，还没等游戏的"游"字开始，自己的身体已经极度衰弱。什么神经问题，只要趁着晴天丽日出外走走，就会好起来的。——他一直这样激励自己，但看来不仅仅只是神经的问题，手脚像是缺失一样倦怠无力，走路腰酸腿疼。倦怠这种感觉，有时候不经意间袭上心头，令人怀恋，但我预感到，到了这种严重的强度，绝不是好征兆。在没有自我感觉的时候，其实重病不正已经侵蚀着自己的肉体组织了吗？自己放任不管，不正是每天昏头昏脑，最终倒地吗？一旦倒地，不正是病入膏肓了吗？——啊，既然这么倦怠，索性尽快倒地好了。至少想倒在柔软的被窝里舒舒服服地睡觉。也许，自己的健康状态不是早就要求这样做吗？

"不行，不行，这样的身体状态怎么能出门行走呢？简直是胡来。所以，当然头昏眼花啊。必须躺着。"医生要是看见自己这个样子，难道不会吃惊地予以制止吗？——这么一想，更加垂头丧气，都懒得走路了。至于银座大街的水泥马路，健康的时候在上面昂首阔步，不知道有多么的愉快；而现在，走在这硬邦邦坚硬的地面上，每走一步，咚咚的响声就会从鞋后跟一直传到头顶。

首先，脚丫的肉就像紧紧嵌入在红色牛皮鞋的模具里一样，感觉非常的憋屈不自在。西服原本是给体型健美匀称的人穿的，枯瘦干瘪的身躯根本撑不起来。腰部、肩膀、腋下、脖颈……所有的关节都要用带扣、纽扣、松紧带、鞣革扣上捆上两三层，所以就像套着十字架行走一样。再细想一下，鞋子上面还有袜子，袜子用吊袜带细致地拉到小腿上，还有穿衬衫、裤子，都要用卡扣紧紧地扣在骨盘上，再从肩膀上斜吊肩带……下巴和躯体之间紧紧地镶嵌着衣领，还要系上严严实实的领带，再别上领带夹。如果是肥胖的人，即使西服显得太小，仿佛要把衣服撑破，但感觉还是不错，而瘦人就没法穿。一想到穿着这样正式规范的服装，就感觉厌烦，手脚无措，更加疲惫，连呼吸都不顺畅。因为身着西服，走路就得有讲究——因为身子走不了这种步子，却还要勉强挺直腰板，端着肩膀，结果就像披枷戴锁一样，仿佛后面有人呵斥："还差一点，再走得好一点！别倒下来！"这个样子，无论是谁都憋不住想哭的……

冈田忽然想象出这种的场面：自己走着走着，渐渐无法忍受，发疯一样地号啕大哭起来……刚才还行走在银座大街上，带着妙龄女郎在艳阳天里要到什么地方去散步的身穿爽快服装的中年绅士——看上去像是身边少女的大伯一样的男人，突然脸庞的造型横七竖八地扭曲起来，哇的一声，小孩子般哭泣起来！他站在大街上，耍赖不走，忸怩作态："阿具里，阿具里，我走不动了！你背着我走吧！""说什么呢？！你怎么回事！在大街上丢人现眼！大家都看着呢！"阿具里气急败坏地大声责骂，瞪着和大伯母一样可怕的眼神。——她大概一点也没有发觉他的发疯。——对她来说，这个男人哭丧的这张脸已经司空见惯。尽管在大庭广众之中还是第一次，但两人独处一室的时候，总是这样哭天喊地。这时，她大概会这样想：真是个蠢货。要哭也别在大街上号啕啊，回去以后，想怎么哭都随你的便。哼，给我闭嘴！快别哭了，你不嫌丢脸啊！——即使她这么说，冈田也不会轻易说停就停的，最后他浑身扭动，粗暴地把衣领、领带扯下来，狠狠扔掉，大闹一场。最后，筋疲力尽，气喘吁吁地倒在地上，像梦呓胡话般说道："我走不动了……我是病人。……快把我的西服脱下来，给我穿上轻松柔软的衣服，大街上也没关系。就在这里，给我铺上被子。"阿具里不知所措，满脸通红，羞愧难堪。……她已经无路可逃，他们被人们里三层外三层地围起来，连警察都来了。——阿具里在众目睽睽之下被警察询问。——"这女的是谁？""是他的女儿吧？""不是。""是歌剧演员吧？"人们议论纷纷。警察看着疯子，用同情般的口吻说道："怎么样？不能在这里躺着，起来好吗？"冈田摇着脑袋又哭唧唧说道："我是病人！能起来吗？"

冈田的眼前清晰地浮现出这种想象的情景。实际上，他现实中从心底涌上来的正是这种想大哭一场的心情。

"爸爸……爸爸……"

他听见不知从何处传来的、与阿具里全然不同的极其可爱的女孩的轻微声音。一个刚刚五岁的、身穿圆圆厚厚的薄毛呢友禅染服装的女孩伸出稚嫩的手喊他。她的身后站着梳着发髻的看似是孩子的母亲。"照子啊，照子啊，爸爸在这儿呢……噢，阿咲！你也在那儿吗？"他看见两三年前去世的母亲的面容。母亲好像不停地说些什么，但由于离得太远，中间隔着朦胧的雾霭。只知道她心情焦急地做着手势，诉说着酸楚哀怜的事情，脸上泪水流淌……

不要想这些伤心的事情了，母亲、阿咲、孩子、死——只要一想起来，心头就不胜悲恸，这是怎么回事呢？还是因为身衰体弱的缘故吗？两三年前，身体健康的时候，虽也遇到伤心之事，但没有这么严重反应到身上来，现在是悲伤的心情与生理的疲惫浑然搅和在一起沉淀郁结在血管里。这种郁结在淫欲的催动下，越来越沉重苦闷……他大白天走在五月的大街上，对于外界的任何东西，都视而不见，听而不闻，只一味固执地阴郁地钻进自己的内心深处。

两人走到新桥站前面的时候，阿具里看见车站的大钟，忽然想起来："我说啊，要是买完东西还有钱剩下来，就给我买块手表，好吗？"

"去上海的话，那里的手表多的是，我给你买来就是了。"

冈田的思绪又飞到中国转了一圈——苏州阊门外美丽的画舫，宁静从容的运河，划船前往矗立着虎丘塔的方向——船里并排坐着一对年轻的男女，如鸳鸯般深情依偎。——他和阿具里又变成一对中国的绅士和妓生。

要是有人问"你爱阿具里吗"，冈田当然不假思索地回答"爱"。但是，当他想到阿具里这个人时，脑子里就会出现一间如魔术师喜欢在舞台上作为道具使用的用黑色天鹅绒帷幕垂下的暗室。——而且在暗室的正中间，站立着一尊裸女的大理石雕像。他不知道这个"女人"是不是阿具里，但是把她视为阿具里。至少，他所爱的阿具里必须是这样的"女人"——脑子里必须是这样的雕像——雕像复活变成真实的人，这个人就是阿具里。现在，和他一起在山下町并肩行走的这个女人——他透过她身上宽松的法兰绒衣服，看到她的肉体，看到她的原型，在心里描绘出衣服里面的"女人"雕像。每一道优婉的凿痕都清晰地浮现在胸间。今天，要用各色各样的珠宝、项链、丝绢把这尊雕像装饰起来。先是把与她的肌肤很不协调、很不适合的和服剥下来，变成一个赤裸裸的"女人"，然后在她身子可以弯曲的各个部位赋予光泽，增加深度，产生生机勃发的活力，制造丰满圆润的凹凸感，手脖、脚脖、颈脖——使所有的"脖子"富有柔软优雅的弹性，再给她穿上西服。这么一想，给自己心爱的女人的身体购买东西不是一件美梦般无比快乐的事情吗？

梦——在这条行人稀少、两边洋房鳞次栉比的宁静街道上行走，一边瞧着随处都有的橱窗，好像是在梦境中的感觉。与银座大街那样的喧闹嘈杂不同，这里白天也清幽寂静，令人怀疑是否有人居住，只是在灰色厚实的围墙里面的建筑物中，开着一扇扇橱窗，如鱼的眼睛一样闪耀亮光，映照出湛蓝的天空。虽然只是一条街道，置身其中，犹如步行在博物馆的走廊上。两边橱窗玻璃里面摆设的商品，琳琅满目，形态各异，含带着鲜艳的幽玄的色彩，各种稀奇古怪的东西，妖娆浓艳，给予人海底花园般的幻想。ALL KINDS OF JAPANESE FINE ARTS；PAINTINGS, PORCELAINS, BRONZE STATUES（各种日本艺术品：油画、瓷器、青铜雕塑）等古董商的招牌映入眼帘。MAN

CHANG DRESS MAKER FOR LADIES AND GENTLEMEN
（漫长制衣店：男女服装）等的招牌大概是中国人经营的服
装店吧，还有 JAMES BERGMAN JEWELLERY……RINGS, EAR
RINGS, NECKLACES（詹姆斯·伯格曼珠宝店……戒指、耳
环、项链）。Co, FOREIGN DRY GOODS AND GROCERIES……
LADYS UNDERWEARS……DRAPERIES, TAPESTRIES,
EMBROIDERIES（外国纺织品和杂货……女士内衣……布料、
挂毯、刺绣）……这些话听上去就觉得像钢琴声一样厚重优
美。……从东京过来虽然只需要乘坐一个小时的电车，但好像
来到一个遥远的地方。……即使橱窗里摆放着自己想买的东西，
可是一看门扉紧锁的店铺，还是犹豫着不敢进去。银座一带的
商店不会这样，也许这里是面向外国人顾客的缘故吧。——这
条街道的橱窗只是把商品放在玻璃里面，有一种冰冷的感觉，
缺少请顾客购买的热情。昏暗的店内，看不见店员工作的样子，
却像堆放着各种杂物的佛龛那样阴郁沉闷。——然而，也许这
样更让人感觉这里的商品具有不可思议的蛊惑性。

阿具里和他在这条街道逛来逛去。他兜里有钱。她的衣服
里面有白皙的肌肤。鞋店、帽子店、珠宝店、杂货店、毛皮店、
丝绸店……只要肯出钱，这些商店里的东西就能紧紧贴在她的
肌肤上、缠在她柔软的四肢上，成为她肉体的一部分。——西
方女人的衣服不是"穿在身上的衣服"，而是套在皮肤上的第

175

二层皮肤。它不是从外面包裹着身体，而是直接紧密贴在皮肤上渗透进去的一种文身。——这么一想，再看看橱窗，里面的东西全部都是阿具里的一片皮肤、肌肉的一个斑点、一滴血液。她从橱窗里买下自己喜欢的皮肤，贴在自己真实皮肤的某个部位上就行了。如果你想买翡翠耳环，你就认为这是你的耳垂长出一个绿色的小疙瘩就行了。如果你想穿毛皮店里那件松鼠皮大衣，你就认为自己是一头长着天鹅绒般富有光泽的皮毛的野兽就行了。如果你想要那家杂货店里挂着的袜子，你就认为自己的脚丫长出一片丝绸的皮肤，流淌着你温暖的血液就行了。如果你想穿漆皮鞋，你就认为自己的脚后跟柔软的肉变成光亮的瓷釉就行了。可爱的阿具里啊！这里的一切东西都是为了嵌入你这个"女人"的雕像的各个部位而特地制作的你本人的皮壳，都是你各个部位的原型。这些皮壳，不论是青色的、紫色的、红色的，都是从你身上剥下来的皮肤。这里的商店出售的是"你"，你在这里的皮壳等待着你的灵魂……你既然拥有如此美妙的"你的东西"，为什么还裹着这件臃肿的不合身的法兰绒衣服呢！

"噢……是这位小姐穿吗？想要什么样的呢？"

一个日本人掌柜从幽暗的里屋走出来，一边说着，一边盯着阿具里看。他们走进的是一家女士成衣店。他们特地挑选这一家感觉看似不错、门面不大的商店，进去以后，店面不是很气派，狭窄的房间两侧都是玻璃门的衣柜，里面挂着几套成衣。罩衫、裙子——这些"女人的胸部"和"女人的腰部"——都挂在衣架上，从头顶上垂下来。房间的正中央有低矮的玻璃架，里面摆放着衬裙、无袖贴身衬衫、袜子、紧身胸衣等各种蕾丝布料。柔滑，比女人的皮肤还要柔滑，皱缩感极强的绉绸、纯白纺绸、缎子，都是光滑凉爽的布料。阿具里想到自己一会儿就要穿上这样的衣服，变成一个西洋偶人，却发现掌柜正目不转睛地看着她，不由得害羞起来，不像平时那样开朗活泼的样子，却腼腆地缩在一边，但是她的眼睛发出亮光，好像在说"我这也想要，那也想要"。

"我不知道哪个好……你说，哪个好？"

她好像回避掌柜的视线，躲到冈田身后，拿不定主意，低声地询问冈田。

"要说这儿的服饰，哪一件都适合您穿。"掌柜拿出一件白色的麻布衣裳，展开来，说道，"怎么样？您穿着试试看。那边有穿衣镜。"

阿具里走到穿衣镜前，将这件衣服从下巴下垂下来，露出小孩子闹脾气时不高兴的阴暗脸色，翻着眼珠看着镜子里的自己。

"怎么样？要不看看这一件……"

"嗯，这一件也可以。"

"这好像不是麻，是什么料呢？"

"这是纯棉，清爽凉快，穿着很舒适。"

"多少钱？"

"这个啊——嗯，这个嘛——"掌柜扭头大声对着里屋问道，"喂，这件纯棉衣服，多少钱啊？——噢，四十五日元吗？"

"不过，要稍微改一改，这样更合身。今天能做得吗？"

"啊？今天？是要赶着明天坐船吗？"

"那倒不是，不是赶着去坐船，不过有点急。"

"喂，怎么样？"掌柜又朝着里屋喊道，"客人说今天要改好。你说行不行啊？——行的话，你就给改一改。"

掌柜说话粗鲁，看来是一个鲁莽的男人，不过心眼好，为人亲切。

"好的，可以改，不过至少需要两个小时。"

"那没问题。我们现在去买帽子和鞋，回到这里换上西服。因为是第一次穿西服，什么也不懂。穿在里面的东西还需要买些什么？"

"这些东西，本店都有，非常齐全。这个是贴身穿的（掌柜从玻璃架上敏捷地拿出绸缎文胸），然后再穿上这个。下面穿这个和这个，也有做成这个样子的。不过，这个样子的话，这个地方没有开口，无法小便，所以西洋妇女都尽量不上厕所。如果这个不方便的话，还是选择这个好。这个形式的，这里有扣子，您瞧，只要把扣子解开，就可以解手了。……这件无袖贴身衬衫八日元，这件衬裙大约六日元。比日本的和衣便宜多了，

178

就说这个吧，这么漂亮的纯白纺绸。……嗯，现在给这位小姐量一下尺寸，请到这儿来。"

于是从法兰绒的布料上面量到里面身体原型的胖瘦长短，用皮尺绕着手臂、脚丫测量长度，还测量她的身体的厚度、宽度、形状。

冈田突然心生疑窦：掌柜不会说"这个女人多少钱"吗？自己不正是在奴隶市场里吗？不正是让掌柜给阿具里估价准备出售吗？

傍晚六点左右，他和阿具里提着在附近买来的、装有紫水晶耳环、珍珠项链、鞋子、帽子等东西的包袱，回到这家女士成衣店里。

"你们回来了。买到好东西了吧？"掌柜使用和熟人说话那样的语气，"都已经修改好了。那里有试衣间。请过去换上吧。"

冈田一只手拿着雪片一般柔软细腻的崭新的衣服随着阿具里走进屏风后面，站在等身高的穿衣镜前。她还是那副不高兴的表情，平静地开始解开腰带……

冈田想象中的"女人"的雕像就立在自己眼前。他把手上轻灵的薄绢一点点帮着贴在她的肌肤上，扣上纽扣，摁上钩扣，结起丝带，围着雕像转来转去。阿具里顿时兴高采烈，满脸洋溢着快活动人的笑容。冈田又开始感觉天旋地转……

路　上

岁末，十二月的一天傍晚，五点左右，东京Ｔ·Ｍ株式会社职员、法学士汤河胜太郎正在金杉桥的电车沿线朝新桥方向悠闲地散步。

　　"您好，对不起，请问您是汤河先生吗？"

　　他在桥上走过一多半的时候，听见后面有人跟自己打招呼。

　　他回头一看，是一个陌生人，但容貌端正，颇有绅士风度，一边礼貌地摘下礼帽施礼，一边走近前来。

　　"是的。我是汤河……"

　　汤河流露出天生老实人般不知所措的神情，眨巴着小眼睛，就像遇见公司高层干部那样战战兢兢的态度。因为这位绅士仪表堂堂，姿态威严，汤河看到他的那个瞬间，顿时就把"这家伙在大街上这样和人搭讪，缺少教养"的感觉收回肚子里，不由自主地暴露出领取工资时候的那种劣根性。绅士穿着西班牙犬卷毛般密集细绒厚呢大衣，水獭皮的衣领（汤河推测大衣里面大概穿着晨礼服），条纹裤，持着象牙柄的手杖，皮肤白皙，约莫四十岁上下，较胖。

"嗯，我知道在路上这样把您叫住是很失礼的。我先介绍一下自己，我认识您的朋友渡边法学学士，带有他写的介绍信，刚才到公司找您去了。"

绅士说着，递过去两张名片。汤河接过来，借着路灯一看，一张的确是他的好朋友渡边的名片，上面有渡边亲笔写的字："兹介绍我的朋友安藤一郎先生。他是我的老乡，交往多年。听说他想调查你所在公司的某职员的情况，望予以接洽关照为盼。"另一张名片上则写着："私家侦探安藤一郎事务所：日本桥区蛎壳町三丁目四番地；电话：浪花（区号）五〇一〇。"

"哦，您就是安藤先生……"

汤河再一次仔细打量眼前的这位绅士，"私家侦探"在日本还是比较罕见的职业，他知道在东京也就五六家，但还是第一次见到真正的侦探。不过，他觉得日本的私家侦探似乎比西方的更具有风采气派。他喜欢看电影，经常从影片中看到西方的侦探形象。

"是的，我是安藤。关于名片上写的那件事，听说您在贵公司的人事科工作，所以刚才去了公司，想去拜访您。您百忙之中，过意不去，能否耽误您一点时间，可以吗？"

绅士声音清亮，干脆有力，很符合他的职业习惯。

"没什么。我现在有时间，随时都可以。"

汤河知道对方是侦探后，语气稍微随便一些，改用一般性的自我称呼："只要我知道的，尽量回答您的问题。不过，要是不急的话，明天怎么样？当然今天也可以，不过在路上谈话还是不方便。"

"嗯，您说的也是，不过从明天开始，贵公司就开始休假吧，也不是什么重要的事情，没有必要特地登门打扰。您要是不介意的话，咱们一边溜达一边谈吧。而且您不是喜欢这样散步吗？呵呵呵。"

绅士轻声笑起来。这是那些模仿政治家的男人经常发出的装腔作势的笑声。

汤河的脸色显得尴尬为难，因为他的口袋里放着刚刚领来的薪水和年终奖。对他来说，这不是一笔小钱，正暗自感觉今晚是自己的幸福时光，他打算现在去银座，给一直嚷嚷着想要的妻子买手套和披肩——沉甸甸的毛皮制品才配得上喜欢时尚的妻子那一张漂亮的脸蛋——然后兴冲冲地回家，让她高兴——就在他一边溜达一边盘算的时候，不意却遇见安藤这么个素不相识的人，不仅打破了自己快乐的空想，而且感觉也给今夜的幸福造成干扰。这些姑且不论，他怎么知道自己喜欢散步，还从公司追赶过来，看来侦探真是令人讨厌的家伙，他怎么知道自己就是他要找的人？汤河这么一想，心里很不愉快，何况自己肚子也饿了。

"可以吗？我不会耽误您很长时间，能稍微陪我一小会儿吗？我想深入了解某个人的情况，所以路上应该比公司更合适。"

"是吗，那就一起往前走吧。"

汤河只好和绅士一起继续往新桥方向走去。其实他说得也有一定的道理，而且他也意识到明天绅士拿着名片上家里来，也的确给自己添麻烦。

没走几步，绅士——侦探就从口袋里掏出烟卷，开始抽起来，走了大约一町路，他只顾着抽烟，汤河感觉自己被他耍弄，心情不禁烦躁起来。

"您说有事问我，想了解我公司某人的情况，是什么人呢？只要是我知道的，都可以告诉您。"

"我想您应该知道的。"

绅士说这么一句后，又沉默两三分钟，继续抽烟。

"大概是这样的吧，是不是这个男人要结婚，您来调查他的情况。"

"嗯，是的。正如您所猜测。"

"我在人事科工作，常有这事。您说的这男的是谁呢？"

这件事似乎勾起了汤河的好奇心，颇感兴趣的样子。

"啊，这个人嘛……你这么问我，我还真不好说，其实呢，这个人就是您。有人要我调查您的情况。我觉得，与其通过别人间接打听，不如直接问您更快一些，所以就来询问您。"

"我？可是……也许您不知道，我已经结婚了。会不会什么地方搞错了啊？"

"不，没有错。我也知道您有太太，但是，您还没有在法律上办理婚姻手续吧？而且我还知道，您打算尽快办理这个法律手续，这是事实吧？"

"哦，是吗？那我知道了，您是受妻子娘家人的委托来调查的吧？"

"至于我受谁的委托，出于我的职业操守，不能告诉您。您大概心里也有数，这一点请您谅解。"

"明白，我一点也不介意。如果是我的情况，您随便问。与其向别人打听，还是直接问我，这样我心情也舒畅。——我对您采用这种方式表示感谢。"

"啊，您说感谢，实不敢当。我（绅士也从自谦语改用一般性的自我称呼）对调查婚姻情况一般都采用这种方式，尤其对方具有相当的人品、地位，觉得直接询问本人不会错，而且有的问题必须当面向本人了解才能弄明白。"

"是啊。是这样的。"

汤河高兴地表示赞成，他的心情不知不觉地好了起来。

"不仅如此，我对您的婚姻深表同情。"

绅士瞟一眼汤河显得高兴的神色，笑着继续说道："您要是和太太结婚入籍，太太和娘家就必须尽快和解。否则，还需要等三四年，太太才到二十五岁。但是，如果和解的话，其实是您首先必须得到太太娘家人的理解。这是最重要的。我必然也是鼎力相助，您应该认为这是为了您好，所以请您坦率地回答我的问题。"

"嗯，我明白。你不必客气……"

"这样吧，先从这个问题问起：听说您和渡边是同一年级的同学，大学毕业是大正二年吧？"

"是的。大正二年毕业。毕业以后，我就进了这家 T·M 公司。"

"对。毕业以后，您就进了这家 T·M 公司。——这我知道。您和先前的夫人结婚是什么时候？我想是您进入公司的同时吧……"

"是的。进公司是九月，第二个月，十月，就结婚了。"

"大正二年十月（绅士一边说一边掰着右手指计算）——这么说，你们同居了五年半。前任太太死于伤寒，应该是大正八年四月。"

"是的。"

汤河觉得奇怪，这个人嘴上说不通过别人间接打听，其实他已经调查了很多情况……于是他再次现出不悦的脸色。

"听说您很爱她。"

"是的，很爱她……但是，这并不是说，我不爱我现在的妻子，我也同样爱她。前妻去世的时候，对她念念不忘，不过，好在这种思念之痛并非无法治愈，正是现在的妻子帮我治愈的。所以，从这一点上说，我无论如何要和久满子——我现在的妻子的名字。当然，不用我说，您也已经知道——感觉具有正式结婚的义务。"

"您说得对。"绅士对汤河的真诚口气只是淡然处之，"我还知道您前太太的名字，她叫笔子吧。——我知道笔子体弱多病，得伤寒之前，还经常患病。"

"真令人吃惊，不愧是干这一行的，什么都知道。既然如此，就没必要问我了吧？"

"哈哈哈，您这么一说，我真不好意思。毕竟是吃这碗饭的，您就别嘲笑我了。——有关笔子的疾病，在患伤寒之前，还得过一次副伤寒吧……好像是大正六年的秋天，十月左右吧。听说那一次副伤寒病得很严重，高烧一直不退，让您非常担心。而在第二年，即大正七年正月，她又感冒，卧床五六天不起。"

"啊，是的是的，是有这么回事。"

"接着，七月有一次，八月有两次，夏天嘛，谁都容易得腹泻。这三次，有两次病情轻微，没有休息；有一次稍微严重，卧床一两天。到了今年秋天，流感肆虐，笔子传染两次。十月那一次病情轻微，第二次，就是第二年、大正八年的正月吧，听说引起肺炎，一度相当危险。这肺炎好不容易治好了，可不到两个月，就得伤寒去世了。——是这样吧？我说的大致没有错吧？"

"嗯。"

汤河说罢，低头想着什么心事。

两人过了新桥，走在岁末的银座大街上。

"前太太实在太可怜了。去世之前的半年里，得了两次大病，险些要了命，不仅如此，这期间还发生过多起令人胆战心惊的危险的事故。——那次窒息事件是什么时候发生的？"

汤河没有回答，绅士自言自语般继续说道："那一次……那是太太的肺炎痊愈后两三天，她都想下床活动——病房里的煤气炉发生问题……正是寒冷的时候，二月底吧，煤气开关没关严，太太半夜里差一点就窒息过去了。幸亏没酿成大祸，不过，太太为此又在床上多躺了两三天，这是事实吧。——对了对了，还有这么件事，太太坐公共汽车从新桥去须田町，半路上，公共汽车和电车相撞，太太差一点就……"

"好了，您等一等。我从一开始就对您的侦探眼力表示钦佩，可是，您用各种方法调查这些事情究竟有什么必要？"

"哪里哪里，不是非有必要不可，我这个人就是有侦探的习惯，顺便调查一些没有必要的事情，无非就是博人一惊。我也知道自己的这个坏习惯，可就是改不掉。现在马上就要进入正题，请您再耐心等一小会儿。——那时候，因为车窗破了，窗玻璃碎片划破她的额头，受了伤。"

"是的。不过，笔子满不在乎的样子，并没有受到惊吓。再说了，所谓受伤，其实也就一点小小的擦伤。"

"不过，想起来，我觉得您对这起汽车相撞事故多少负有一定的责任。"

"这怎么说？"

"因为是您对太太说绝不要坐电车，要去就坐公共汽车去的啊。"

"也许——我是这么说过。这样的细节，我都记不清了，我觉得应该说过。对了，我的确这么说过，是这么回事：那时候，笔子得第二次流感刚好。报上说，这时候坐电车人多，容易感染，所以我认为坐公共汽车比电车安全一点，就说了'绝不要坐电车'这样的话。只是没想到两车相撞，算是她倒霉。这不应该说我也有责任。笔子也没有这么认为，反过来，她还感谢我的忠告呢。"

"当然，笔子经常感谢您对她的亲切照顾，直到临终之前还一直这样感谢。但是，就这起撞车事件而言，我还是认为您有责任。您刚才说是因为考虑到太太的病情，的确是这样。但尽管如此，我还是认为责任在于您。"

"为什么？"

"不明白的话，我给您解释一下。——您说没想到两车相撞，但是太太坐公共汽车又不是就那一天。那时候，她大病初愈，还要去医院复查，隔天都要从芝口的家里去万世桥的医院，至少要去一个月，每次都是坐公共汽车去。这个您早就知道，而发生交通事故也正是在此期间。明白了吧？还有一点您必须注意的是，那时候公共汽车刚刚开始运营，常有事故发生。只要稍微有一点神经质的人，都会担心会不会发生事故。——顺便说一句，您就是一个神经质的人——您对自己的爱妻经常坐公共汽车，怎么一点也不担心呢？这不像您的性格，隔天坐一次公共汽车，一个月往返三十次，她就有三十次撞车的危险。"

"啊哈哈哈，您能想得这么细，说明您也是神经质，一点也不比我差。您这么一说，我逐渐想起当时的情形，不过那时我丝毫没有注意到这些。我想的是电车里的传染与公共汽车事故哪一个概率更高一些，而且，即使二者危险的概率一样，哪一个对生命更具有危险，相互比较一下，我觉得公共汽车更安全。为什么这么说呢？正如您刚才所说，一个月往返三十次，坐电车的话，三十辆电车，每一辆都会有感冒病毒。当时是流行的高峰，所以这么认识是正确的。既然每辆都有病菌，那么传染就不具有偶然性。而公共汽车事故只是偶发的灾难。当然，任何车辆都有发生冲撞的可能性，但这种灾难的原因并非一开始就存在的。还有，我要说的是，笔子得过两次流感。这说明她的体质比一般人更容易被传染。所以，如果坐电车，她在众多乘客中，应该是被病毒选择的一个人，具有极大的危险性，而坐公共汽车，所有乘客感觉的危险度都是一样的。不仅如此，我还对危险度这样考虑过，如果她第三次得了流感，必定会引发肺炎，那恐怕就无药可救了。听说得过一次肺炎的人容易再次得肺炎，何况她又是病后初愈，身体虚弱，尚未完全恢复，所以我的担忧绝不是杞人忧天。但是，发生交通事故，并不是两车相撞就一定会丧命，只要不是运气不佳，连重伤都不会，而重伤致命的更是罕见。所以，我的想法没有错，您想想看吧，笔子乘坐公共汽车往返三十次，也就遇上一次交通事故，她也就仅仅一点擦伤而已。"

"嗯，听了您的这些话，的确有道理，没有任何破绽。但是，我不能不看到，刚才您有的话没有说。您说到电车与公共汽车的危险概率的问题，主张公共汽车比电车危险性小，即使有危险，程度也比较轻，而且所有的乘客都一律平等地承担其危险性。但是，我认为，至少就您的太太而言，坐公共汽车和坐电车一样，她都是被危险选择的一个人，她绝不会和别的乘客担负同等的危险。就是说，当发生两车相撞的事故时，她处在比别人更容易受伤，而且更容易受重伤的致命境地。你不能不看到这一点。"

"您为什么这么说呢？我不明白。"

"呵呵，您不明白？这就奇怪了。——您不是当时对笔子说了吗？坐公共汽车尽量坐最前面，那才是最安全的方法。"

"是的啊。这是出于安全的考虑……"

"不，等一等，您所说的安全大概是这个意思吧——公共汽车里也会有流感病菌，尽量坐在上风的前面就呼吸不进去。是这个道理吧？即使公共汽车的乘客比电车少，流感的危险也不是一点没有。但是，您刚才似乎忘记说这个事实，那就是公共汽车前面的位置震动比较小，太太身体疲劳尚未恢复，所以应该尽量坐在震动小的地方。——你拿这两条理由，劝说太太坐到前面。与其说是劝说，不如说是严厉命令。因为太太一直认为您是一个诚实的男人，她不能辜负您对她的体贴之情，真心地尽量按照您的命令去办。于是，您的每句话都会不折不扣地得到执行。"

"……"

"对吧？您起先并没有考虑公共汽车内流感传染的危险性，尽管如此，您还是作为一条理由，让太太坐到前面去。——这就是一个矛盾。还有一个矛盾，就是您最初没有考虑进去的撞车危险，这时候被您疏忽了。坐在公共汽车的最前面——如果您考虑到撞车的话，没有比坐前面更危险的了。坐在那里的人，最终都会被危险选择。所以您看，受伤的不是仅仅就您太太一个人吗？当时只是小小地剐蹭一下，其他乘客都安然无恙，就您太太受伤。如果撞车再厉害一点，其他乘客受擦伤，您太太就会受重伤；如果再严重的话，其他乘客受重伤，您太太就没命了。——交通事故，固然如您所说，具有偶然性。当时，在这样偶然发生的事故中，就您太太而言，她受伤就不是偶然，而是具有必然性。"

此时他们已经走过京桥，但两人似乎都不知道走到哪里，一个侃侃而谈，一个侧耳倾听，只是一直往前走。

"所以，您这样做的结果，是把太太置于具有一定偶然性的危险之中，更是将太太逼进偶然范畴内的必然的危险之中，这与单纯性偶然的危险完全不同。这样做，就无法知道公共汽车是否一定比电车更安全。首先，当时您太太的第二次流感刚刚痊愈，所以说她对流感应该具有免疫性是妥当的。按我的说法，那时您太太绝对没有再次传染上流感的危险。即使她被危险选择，也是被选择到安全那一边去。您说得过一次肺炎的人容易再次得肺炎，那说的是在某个时期以内。"

"但是，有关免疫性，我不是不知道，她十月得过一次，正月又得了，所以我觉得免疫性也靠不住……"

"十月和正月有两个月的间隔，当时太太还没有完全恢复，还在咳嗽。与其说她被别人传染，不如说她传染给别人。"

"还有，您说到撞车危险，因为撞车本身非常偶然，所以在这个范畴内的必然性的说法不是微乎其微的吗？偶然中的必然

195

与单纯的必然的意义还是不同的。何况这种必然性只是仅仅说必然受伤而已，并没有说必然致命。"

"但是，可以说偶然性的严重撞车会导致必然性的致命。"

"嗯，那倒是可以这么说。不过，我们玩弄这样的逻辑游戏不觉得无聊吗？"

"啊哈哈哈，是逻辑游戏吗？不过我喜欢，一不小心就忘乎所以，玩过头了，对不起。马上就进入正题。——进入正题之前，先整理一下逻辑游戏的思路。您还笑话我，其实好像您也很喜欢这个逻辑游戏的啊，在这个方面，也许您还是我的前辈也说不定，您并不是不感兴趣。那么，就说刚才的偶然和必然的研究，如果和一个人的心理相结合的话，就会产生新的问题，逻辑就不再是单纯的逻辑。您没有发觉这一点吗？"

"哎哟，越来越难了。"

"没什么难的啊。所谓人的心理，就是犯罪心理。设想某个人使用间接的手段在神不知鬼不觉的情况下将另一个人杀死。——如果'杀死'这个词不妥当的话，就使用'导致他人死亡'这个说法吧。为此，这个人就要将对方置于各种各样的危险之中，同时，为了让对方不能察觉出自己的意图，为了把对方不知不觉中诱向自己设计的道路，就只能选择偶然的危险性。然而，如果在这个偶然性中稍微含有一点无形的某种必然性，那就更容易目的得逞。那么，您让您太太乘坐公共汽车，您不觉得这恰巧与'形式上'不一致吗？对不起，我使用'形式上'这个说法，不会伤害您的感情吧。当然，我并没有说您就有这个意图。但是您应该懂得这类人的心理吧。"

"您的职业习惯让您的思路十分怪异。在外形上是否一致，只能由您去判断，别无他法。但是，仅仅一个月三十次的往返就要夺人之命。如果有人有这种想法，那他无疑就是一个蠢货。有哪个家伙会寄希望于这种毫无保证的偶然性呢？"

"对。可以说，乘公共汽车往返三十次，偶然性的命中率实在太小。但是，从各个方面寻找出危险的机会，这样一个又一个的偶然性聚集在对方身上，那么，命中率就增加好几倍。将无数的偶然性危险集中成一个焦点，然后把对方引导进来。这样的话，对方所面临的危险就不再是偶然，而是必然。"

"……您这么说，比如说，怎么引导？"

"比如说，有一个人想杀害妻子——就是导致妻子死亡。他的妻子患有先天性心脏病，——在这个心脏衰弱的事实中就已经包含有偶然性危险的因素。为了增加这个危险因素，就要给她创造条件，让她的心脏越来越坏。例如，男人打算让妻子养成嗜酒的习惯，就劝她喝酒。起初劝她睡前喝一杯葡萄酒，后来逐渐增加喝酒次数，劝她饭后来一杯，让她慢慢懂得酒精的味道。可是，他妻子对酒不是很感兴趣，并没有像丈夫期待的那样喝得那么多。于是丈夫采取另一种手段，劝她抽烟，'女人也应该享受香烟的乐趣，不然太没有情趣了'，特地给她买来外香型洋烟。这个计划大获成功，也就一个月的时间，妻子成了烟民，再也戒不掉了。接着，这男人听说洗冷水澡对心脏不好，就劝妻子洗冷水澡，假装关心体贴地说道：'你这个人体质弱，容易感冒，每天早晨洗冷水澡对身体有好处。'妻子真心诚意地相信丈夫，言听计从，不知道所做的这一切只能导致自己的心脏越来越糟糕。然而，丈夫的图谋并没有因此结束，最后要对妻子的心脏予以决定性的打击。就是说，他要让妻子患上高烧持续不退的疾病——置于伤寒或者肺炎这种容易感染的疾病之中。他起先选择的是伤寒，为此，他使劲劝说妻子多吃容易滋生伤寒菌的食物，'美国人吃饭的时候都喝生水，认为生水是最佳饮料'，让妻子喝生水、吃生鱼片，还有多含伤寒菌的生牡蛎、凉粉。当然，为了让妻子相信他的话，他自己也要吃。他以前得过伤寒病，具有免疫力。但是，丈夫的计划并没有如其所愿，完全成功，不过也成功了七成。因为妻子并没有感染伤寒，只是得了副伤寒，被高烧折磨了一个星期。副伤寒的死亡率在一成左右，心脏衰弱的妻子很幸运地没有死去。丈夫趁着七分成功的势头，继续劝说妻子吃生的食物，结果夏天不停地腹泻。丈夫每次都小心翼翼地观察病情，但就是不得丈夫所期望的伤寒。不久以后，终于有了丈夫求之不得的机会，那就是前年秋季到去年冬季肆虐的恶性流感。丈夫计谋在此期间无论

少将干滋之母

谷崎润一郎

如何要让妻子感冒，进入十月以后，妻子果然得了流感。——因为那时候她嗓子疼，丈夫对她说'每天漱口，预防感冒'，可是故意给她高浓度的过氧化氢水，让她整天漱口，结果引起黏膜炎。那时恰好她的伯母得了感冒，丈夫让她多次前去探病，她第五次去看望回来以后，就立即发烧。但是，幸好那次没有加重，救了过来。可是，到了正月，这次就严重了，感染肺炎……"

侦探一边说，一边做出奇怪的动作——将手中的烟灰使劲弹落，接着在汤河手腕上轻轻敲打两三下。——好像通过这样无言的动作提醒他注意什么。他们走到日本桥前面的时候，侦探在村井银行的前面往右拐去，往中央邮局方向走去。汤河自然必须紧跟在他后面。

"这第二次感冒，当然还是丈夫搞的鬼。"侦探继续说道，"那个时候，妻子的娘家的孩子得了重感冒，在神田的Ｓ医院住院。娘家人那边根本就没有要求，丈夫就让妻子去医院陪护孩子。丈夫的说法是：'这次流感容易传染，一般人不能去照顾，但是我的妻子前些日子得过感冒，她已经具有免疫力，所以让她去陪护最合适。'丈夫这么一说，妻子也觉得有道理，可是去医院陪护以后，她自己就传染上流感，而且转成肺炎，相当严重，有几次病危。丈夫认为这一次大功告成。于是在她的枕边表示歉意，说由于自己的不注意导致她身患重病。可是，妻子对丈夫毫不怨恨，反而对丈夫无微不至关爱自己表示衷心的感谢，看上去就要安静瞑目的样子。可是，没想到奇迹发生了，妻子又一次从死神手里被救了回来。就丈夫的心情而言，可谓功亏一篑。于是，他又想出一个阴谋诡计，这一次不是让她得病，而是制造灾难。首先，他想到妻子病房里有煤气炉。这个时候，妻子的病情已经大体痊愈，护士不用陪护，回去了。再过一周，她就可以回到丈夫的房间睡觉了。其实这是丈夫偶然发现的。就是妻子睡觉的时候，由于担心着火，每次都要关掉煤气炉。煤气炉的开关在病房与走廊之间的门槛旁边。妻子有夜间上一次厕所的习惯，那时一定要跨过门槛，她会拖着长长的睡衣下摆走路，这下摆五次有三次肯定会碰到开关上。如果开关关得不紧的话，被她的下摆一碰，就会松开。病房是日式房间，建筑构造十分坚实，密不透风。——这也是偶然性潜在的危险因素。于是，丈夫发现，只要自己稍稍动点手脚，就可以把这个偶然性变成必然性。也就是他把开关稍微拧松一点。一天，趁着妻子午睡的时候，丈夫悄悄地往开关里倒了点油，让它滑润。他的行动本来应该是在绝对保密的情况下进行的，然而不幸的是，却被一个人看见了，而他还蒙在鼓里。——这个人就是他家的女佣。这个女佣是妻子过门时带过来的老家人，她聪明伶俐，忠诚于妻子——算了，女佣的事就不说了……"

　　侦探和汤河从中央邮局前面走过兜桥，又过了铠桥，不知不觉走到水天宫前面的电车沿线道路上。

"这次又是丈夫成功七成，最后功败垂成。妻子差一点煤气中毒窒息过去，但惊醒过来，没有酿成大祸，于是半夜引起一阵骚动。为什么煤气会泄漏？不过很快就查明了原因，结果还是妻子自己不小心。接下来，丈夫就把眼睛盯在公共汽车上。这事刚才已经说过，因为妻子要去医院复查，丈夫不会忘记利用一切机会。医生建议妻子去外地疗养一段时间，以恢复健康，去一个空气新鲜的地方休息一个月左右。——丈夫便对妻子说道：'你一年到头尽生病，到外地疗养一两个月，还不如全家搬到一个空气新鲜的地方去。当然也不能搬得太远，你看搬到大森一带怎么样？那儿离海近，我上班也方便。'妻子立即表示赞成。不知道您是否了解，听说大森的水质非常糟糕，也许正因为这个原因，那儿就一直流行传染病，尤其是伤寒。就是说，那个男人觉得制造灾难没有得逞，于是又把目光转回到疾病上来。搬到大森以后，他更加强烈地要求妻子喝生水、吃生的食物，继续鼓励妻子洗冷水澡、抽烟。而且，他还修整院子，种了很多树，挖池蓄水，又说厕所位置不好，改造成朝着西晒的方向，其目的就是滋生苍蝇蚊子。这还不够，他的一个朋友是伤寒患者，他自称有免疫力，经常去探望，偶尔也带着妻子一起去。他本想这一次耐心等待，可没想到计谋立竿见影，搬到大森不到一个月的时间，就见实效。他去探望伤寒的朋友以后不久，也不知道使用了什么阴险的手段，妻子就传染上了这个疾病，最后死去。——怎么样？我说的事情与您的情况难道只是形式上一模一样吗？"

"嗯……对，只是形式……"

"啊哈哈哈，是的。现在的情况还只是形式。您爱前妻，但只是形式上的爱，然而，从两三年前开始，您就瞒着前妻同时爱上现在的太太。这不仅仅只是形式。如此一来，过去的事实加上现在这个事实，我刚才所说的情况与您一模一样的程度就不单单只是形式了……"

两个人从水天宫前面的电车沿线道路右拐，进入一条胡同。胡同的左侧有一户挂着"私家侦探"大字招牌的人家。这是一座两层楼，楼上楼下的玻璃窗都明晃晃地亮着灯。走到屋子前面，侦探哈哈大笑起来。

"啊哈哈哈哈，不行了吧？再也瞒不下去了吧？您刚才不是一直在颤抖吗？您的前岳父今晚就在我家里等着您呢。好了，用不着这么害怕，哆哆嗦嗦的。从这里进去吧。"

他突然一把抓住汤河的手腕，在肩膀上使劲一推，拽进明亮的家里。灯光下，汤河脸色煞白，丧魂落魄般摇摇晃晃趔趄着，一屁股跌坐在旁边的椅子上。

一绺头发

"好，迪克，现在你可以把你的事情告诉我了。今天刚好没有别的人。"

那是一个寒冷的夜晚。我和迪克在宁静的酒店的吸烟室里相对而坐。我一边催促他说出不肯轻易吐露的话题，一边拨弄着火盆。

"怎么样？要不要来一份热茶？"

"不，不用了。"

火盆的火焰红彤彤地映照着他宽广壮实的前额。他凝视着跳动的火焰，似乎在沉思，然后用感觉带有日本人说英语常有的那种口音说道："我想把这件事情告诉您，其实我对谁也没有说过。但是，我将在近期离开这里。我的这双脚，您看，经过这里的温泉的治疗，已经好多了。现在我走山路都可以不用拐杖。我的重伤几乎痊愈。这样的话，最多一周，我就能离开这

205

里，不过，我大概不会回横滨。"

"这么说，你打算回哪里？你的家不是在横滨吗？"

"嗯，是的。我的家在横滨。父母亲都还健在。我不仅生在日本，我的母亲还是日本人，所以，我的故乡，除了日本，没有别的地方。虽然如此，但是我现在想去上海住一段时间。只要我的脚伤痊愈，我的身体很健壮，而且我还年轻。"

"噢，迪克，你多大了？"

"按日本虚岁的算法，二十七岁——按西方的算法，今年十二月满二十六岁。不过，年龄不重要，您还是听我讲我的事情吧。我即将离开日本，我本来打算不会对任何人讲述我的事情，但是，这些日子，我和您在酒店里认识，觉得说得来，交往密切，所以产生只对你一个人讲述的想法。我这么说，也不是要您保密的意思。因为与这件事相关的所有人，除了我，其他人都不在人世了。而且我也要离开日本，您听了以后，如果觉得有意思，感兴趣的话，可以作为素材写一篇小说，我毫无异议。我多少也有这样的心情，希望通过您的创作力量让更多的人知道这起可怕的事件真相。因此，我首先必须向您坦率地说出我的脚伤的真相。老实说，记得以前给您说过是地震时被上面的东西压伤的，其实这是枪伤。"

迪克看着我吃惊的表情，从口袋里掏出烟斗，然后深陷在安乐椅里，摆出一副娓娓道来的从容架势。

"尽管是枪伤，但也是地震的时候发生的。但是，原因不是地震，而是因为一个女人。——您去花月园、格兰大酒店跳舞的时候，大概会见到一个名叫欧尔洛夫夫人的俄国女人吧？她经常带着年轻的洋人或者混血儿的男人来跳舞，年龄看上去二十八九岁，具有一种兽性感觉的奇妙的魅力，个高肤白，衣服鲜艳，一看就十分引人注目。关于这个女人的身份、性格，接下来您会逐渐了解的，总之，那个时候，不管她到哪家夜总会，那种不可思议的美貌、奢华的做派都显得卓尔不群。许多女士和绅士都觉得这个人危险、肮脏，不与她接触交往，但是，对我们而言，她是一个来历不明的逃亡的俄国人，她又是一个在横滨一带少见的妖艳柔媚形态的女人，所以自然而然地产生嫉妒和反感。横滨这个地方——恐怕不只横滨，只要是亚洲的港口、殖民地，都有这种不好的习惯——只要新来一个与众不同点的外国人，那些住在此地的老外国人就不约而同地排斥这个新来的人，不让他进入自己的圈子。这种狭隘的气量，不愉快的氛围，在世界大战以前还不是那么厉害。战后，美国人和英国人把其他外国人统统赶走，垄断亚洲的商业地盘，就变得越来越严重。即使同样是西方人，只要不是盎格鲁－撒克逊人，不仅不让进入他们的社会，甚至还把他们视为野蛮人。法兰西人在战时和他们是一条战线，所以并没有受到多大的歧视，而德国人和俄国人就被他们极度疏远。尤其当这些人具有压倒他们的优秀长处时，就往往在背后遭受谗言，被人妒忌，这是常有之事。所以，欧尔洛夫夫人在社交界受人排斥，无人理睬，对我们来说倒是意外的幸运签。因为我们——像我这样的混血儿——即使属于盎格鲁 – 撒克逊，但由于不是纯正的白人血统，表面上看不出来，其实内心上被他们所厌恶。

"不好意思，话题有点偏离——您对我们这样事实上命运不属于任何国家的双重国籍者，是怎么看的呢？有人说，我们受排斥不是因为我们血统不纯，也不是我们的扭曲思维，而是因为混血儿中的低能儿和不良少年很多，所以才被社会厌恶。可是，如果这样的话，我们生下来就是畸形儿，究竟谁来承担这样的罪愆呢？像我们这样，大多出生在日本，既不懂日本的道德，也没有充分接受西方的教育，所以成为低能儿、不良少年，这是不愿意看到的结果。姑且不论这是社会的罪愆，还是双亲的罪孽，但至少不是我们的罪责。我们当中，当然也有受人尊重、受人信任的优秀的人，但一般情况下，我们就不能得到与普通的西方人或普通的日本人一样平等的对待，于是，我们也就会产生不如他人的自卑感。所以，当我们发现欧尔洛夫夫人这个女人的时候，就像蜜蜂簇拥在鲜花周围一样，崇拜她。而当那些'正人君子'的淑女和绅士对她越是侮蔑诽谤时，我们就越对她的美艳如花崇拜得五体投地。

"她的真实年龄，估计要比我大十多岁，应该是三十五六岁吧。不过，她皮肤紧致，风姿绰约，看不出真实的年龄。我刚才说她看上去二十八九岁，但如果化妆精致，也可以说是二十岁上下，再看她平坦光滑的雪白肩膀和厚实坚挺的胸脯，说她是十七八岁的小姑娘的身体，有谁敢怀疑呢？她圆脸，嘴大，下巴略呈四方，短鼻，鼻子是典型的俄罗斯风格，鼻孔像巴儿狗那样从正面张开一个'八'字形。我之所以说她具有'兽性的魅力''不可思议的美'，主要还是因为有这样的下巴和鼻子，但如果她没有那一双尖锐犀利的眸子的威力，这样的容貌恐怕也就堕落到普普通通的'兽性'，所谓的'不可思议'，或许会变成'不可思议'的丑陋。她那一双眼睛就是两个水晶体，如果光是用来看东西，未免亮光过强，就像两团燃烧的火焰的碧绿的双眼，有时显得如大海般宽阔。她有一个习惯，经常板着面孔、皱着眉头，每当这个时候，她的眼眸显得湿润而深邃，就像闪闪发亮的露珠要从她的眼眶里掉落出来。

　　"我的上述表达还不是她的兽性的全部。日本的戏曲里有一出戏叫《石桥》①，其中有头披红发和白发的狂舞，我第一次看见她的时候，就想起《石桥》里的狮子精，因为她的头发正是那样的猩红。西方人天生红头发不足为奇，时而也能看见，但是要说她的头发的色泽，就像眼前火盆里炽燃的煤炭这样的强

①《石桥》，能乐剧目，后改编为歌舞伎剧目。其中有狮子精上场表演的舞蹈。

烈赤红。她剪着一头短发，中间分开，又浓又密，仿佛梳子都插不进去，细微卷曲，如月晕般向左右扩散。这样一来，由于浓厚的头发的覆盖，脸膛就显得非常大，正如看见狮子头一样的壮观。其实她的头部未必就很大，那丰满高挑的身材、肉感丰满的胸脯、均衡柔软的手臂、厚重结实的臀部、优美波动的长腿——啊，您千万不要认为我的表达夸大其词。在那个时候，有人充满恶意地说：'那种女人是美女吗？那张脸只剩下淫荡了。'有人这么认为，他愿意怎么想就怎么想，但我的话不仅没有夸大其词，而且今天在向您讲述的时候，我感觉眼前依然清晰地浮现她的美丽。

"那个时候，最热烈追求欧尔洛夫夫人，讨其欢心的男人，有我、杰克和鲍勃。三人狂热地纠缠着她，其他男人看到这种激烈竞争的样子，大概都被吓得不敢参与，说'这几个真是傻小子'，放弃离开。剩下的三个人，心里期待另外两个人也会很快放弃离开，于是更加感觉这个女人的宝贵，三个人都情不自禁地陷进迷恋的深渊里。

"杰克和鲍勃都不是纯粹的血统，也是被社会嫌弃的年轻人，只是因为从小都处在同样的境遇，所以与我关系密切。虽然我们表面上没有过难堪的争吵，但绝对不能说杰克和鲍勃，鲍勃和我，我和杰克之间没有相互牵制、相互嫉妒、相互猜疑寻找对方毛病的事情。这样一来，欧尔洛夫夫人的服装、随身物品都变得豪华起来，她的衣柜里面的奢侈品也不断增加。我们三人就像给女王进贡一样，这个人拿毛皮衣送给她，那个人拿宝石送给她，都争先恐后地送给她贵重的礼物。她总是说：'我亡命到日本之前吃过很多苦，以后再也不想这样吃苦受累了。我本来就喜欢享乐奢华的生活。可是丈夫死于革命，我现在也回不去祖国了，如果有一个人真心爱我，能理解自己的情趣和性格，能给自己提供美好的生活，我也可以和他结婚……'她还时常用半带玩笑的口吻问我：'你家有多少资产''这么些资产，你能全部继承吗''我要是成为你的妻子，你会让我过上怎么样奢华的生活，你的父母亲会同意你和我结婚吗'之类的问题。于是，我就认为在三人之中，我得到她的爱比他们都要多。我也推心置腹地坦诚相告：我家的财产，在父亲死后，大部分我都会继承；我自己也喜欢奢侈的生活；我一定让她穿上高级华丽的服装，把她打扮得漂漂亮亮，永远年轻美丽，这是我最大的乐趣；只是有点担心能否得到父母亲的结婚允许，不过自己现在年龄还小，等再过一两年，自己向母亲恳求，让她同意。我把心里话告诉她，在这一两年里，自己会尽可能想办法的，只要有机会，就说服母亲。

"我和她说这些话，当然是瞒着那两个人的，不过，杰克和鲍勃也会隐约察觉出来。他们两个不甘服输，趁我不备，利用一切机会在她耳边甜言蜜语，诉说衷肠，这样，恋爱的竞争越发激烈残酷。与此同时，她的可怕的脾气也赤裸裸地暴露出来。她嗜酒，烟也没少抽，随着亲密程度的狎昵，态度和语言都变得非常粗野下流。不仅如此，她私下里答应说可以和我结婚，表面上让我满足对她的真情渴望，可是谁能保证，她对另外两个人就没有说过同样的话呢？她的随身用品，几乎每天都在增添我见所未见的戒指、项链、晚礼服之类的东西，谁能保证，她的嘴唇只和我一个人的嘴唇接触呢？这种难以抑制的不安和嫉妒，三个人肯定都有同样的感觉。三个人个别行动，偷偷地去和她幽会。

"我在这样的状态下，与欧尔洛夫夫人保持一年多的交往。我在父亲担任社长的山下町Ｂ·Ｍ株式会社工作，时间上相对比较自由，比起在东京丸之内大厦上班的鲍勃和经常因商务去神户出差的杰克，我相信自己比他们更加频繁地去欧尔洛夫夫人那里。

"就在这个时候，大正十二年——1923 年 8 月过后的第二天，9 月 1 日，发生了令人诅咒的大地震。在我讲述这一天可怕的事情之前，先介绍一下她的住处的情况。您大概了解横滨街区的分布，发生地震的时候，瞬间倒塌。最早起火的是山下町一带，接着是洋人的住宅区所在的山手一带，称为‘Bluff’（山崖）的地区。那一带在横滨市内是最有异国风情的地方，树木繁茂，环境幽静。不过，在港口开放之前，那里还是一片荒山，后来逐渐在山丘、山谷间盖起房子，盖得多了，就成为一条街。表面上看，觉得还不错，其实多半是古旧的木头房、砖瓦房，而且地势也多是斜面和坡道，一旦发生地震，就容易引起滑坡和山崩，加上森林繁密，火灾蔓延很快。那次地震发生在中午，家家户户都在烧煤做饭。与小煤球炉里添加炭火的日式厨房不同，洋人家的厨房，一旦炉灶破裂，煤球的火焰立即迅猛燃烧，从四面八方形成大火的旋涡，整条街变成一片火海。

"这是后话，先说欧尔洛夫夫人的住所，她住在 Bluff 上的二层楼公共住宅中的一间公寓里。我出生的时候就有那栋公共住宅，面积很大，却很萧瑟荒凉，以前可能是天主教会的学校，也可能是宿舍楼，也有可能是圣塔克拉拉教会医院。她住在那里以后，我第一次进去，所以不知道过去的情况，只是从外表上看，房子外面刷的漆已经剥落，里面也已经严重荒废。据租房的人说，住在这里的都是没钱的人，或者被当地的西方人嫌弃的人，或者住不起廉价旅馆的人，或者没钱租房居住的人——也就是亡命逃过来的俄国人群居的窝子。但是，唯有欧尔洛夫夫人，她刚开始住进去的时候是什么样子，我不清楚，从我们进去以后，尽管她身处这种肮脏的窝巢之中，却过着其他居住的人无法相比的奢侈的生活。从旧式的楼梯登上二楼，两边都是脏兮兮的昏暗的一排排房间，她租借的房间在走廊的最里面。一走进她的房间，无人不感到吃惊，在这样阴郁陈旧的公共住宅里，居然还有如此豪华优雅的房间。俄国人一般一家子五六个人挤在一间租房里，而她一个人悠然自得地独占相连的两间，屋子里的家具摆设都是豪华考究的高档品。其中的一间还有很大的壁炉，十分宽敞，可以说是一间豪华酒吧。另一间是舒适宽松的房间，有小巧的厨房，还有化妆室和浴室，所以这一间作为寝室。她巧妙地买通了门卫两口子，需要他们的时候，叫到房间里，让他们打扫卫生、干杂事。所以，别看她一个人生活，其实各方面都十分自在，没有任何不方便的地方。

"9月1日那一天早晨，恰好地震发生前一个小时，我在她的寝室里。她总是早晨睡懒觉，所以我平时大概到下午才去她家里，那一天是星期六，打算住一晚，第二天一起去镰仓，所以特地上午就过去了。可是她好像刚起床，正在泡澡。我走进卧室，听见她在浴室里说道：'啊，迪克，你今天来得好早啊。稍等一会儿，马上就洗好了。'一会儿，一个身姿曼妙的出浴女人穿着宽松的和式浴衣走了出来，妖艳无比。我在她洗浴的时候随便进入她的寝室，她以这种纵脱的姿态接待过我，就我们的关系而言，应该算是正常的。但是，我从那个时候开始，就感觉到她对我的谄媚方式，如不经意间的一个表情、身体的一个动作、一个体态，所有的一举一动都毫无疑义地呈现出妓女的技巧。

"现在回想起来，那天早晨留给我的印象，就是热气腾腾的红头发像一块缎子紧紧地贴在她的头皮上的优美。她打开电风扇吹头发，同时仰卧在床上，点燃香烟，对着天花板喷吐烟圈，让我坐在她的脚边。我对她说'想去镰仓'，她问'为什么'，我没有回答。她说道：'迪克，你要想带我去镰仓的话，你就要给我买上一次看到的那枚戒指。你现在马上就去买，已经说好了的。你不买回来，我就不去。'——她抓住我的脖子，使劲摇晃，她越摇晃，我越回答不出来。我说道：'我给你买就是了。可是，现在就让我买，你也太不讲理了。好吧，卡廷卡。'——卡廷卡是欧尔洛夫夫人的名字。——'让我在这里待到十二点，下午一定给你买。''那好，你真是一个好孩子。十二点之前我来照顾你。'说罢，卡廷卡心情高兴地笑起来：'说好了，迪克，就到十二点。下午你回去一趟，四五点再来。去镰仓的话，白天太热，而且你必须把戒指带来——否则，你就别来见我。'

"过了二三十分钟，两人正沉溺在甘美的爱恋的欢乐之中，发生了惊天动地的大地震。我瞬间拉着卡廷卡的手，弹跳一样从床上蹦起来，想跳到地板上，可是，地板却从下面反弹上来，把我们一下子砸在床铺上。这种时候，人看到的是幻觉呢，还是现实就是这样的剧烈摇晃呢？四面墙壁在我的面前猛然倾斜成 90 度，头顶上的天花板立在我的侧面，床铺顺着从下面笔直竖立起来的地板滑落下去，极其迅速地向着原先墙壁的地方滚动而去。我和卡廷卡就像骑在受惊的马背上颠簸起伏，剧烈摇晃，我的视觉如同从疾驰的火车车窗观看近处飞驰而过的物体，只剩下万花筒般的凌乱无序的线条和形状。我只是模模糊糊但异常恐惧地记得，壁炉的烟囱突然发出天崩地裂般的响声，仿佛一阵砖雨从天而降，哗啦啦崩塌，无数粉尘飞扬。我们听到这骇人的声响，只能紧紧抱着一起，闭着眼睛，幸好砖雨没有掉落到寝室这边来，而是崩塌在大房间里。'迪克，迪克，快把衣服拿过来！衣柜里我的衣服……'我终于听到她的尖叫声。因为我只是脱了西服上衣，只要给她穿好衣服，两个人逃出去应该问题不大。但是，大地还在震动，一刻不停。——人们说，地震的时候，当第一波大震动过去以后，有一段时间平静，然后再来第二波、第三波的震动——可是我的感觉，第一波震动时间很长，连续不断地波动。而且，地板向一侧严重倾斜，我好不容易从床上下来，站起来，却根本迈不开步——忽然感觉头晕目眩，把我抛出一间多远。我趴在地上，在倾斜的地板上摇摇晃晃地向衣柜爬去。这时，那个坚硬的、柜门上安装有七八尺巨大穿衣镜的衣柜开始左右不停地晃动。衣柜就在我眼前，我却无能为力，怎么也爬不过去，我自己也跟着左右摇晃。衣柜晃动得越来越厉害，就在这个瞬间，大衣柜像一块大岩石从我的头顶砸下来，砸在我的腰椎上。我哼了一声就昏迷过去，什么也不知道了。

"……'迪克，你醒醒，我是杰克……迪克，迪克，你有没有受伤？你醒醒！'不知过了多长时间，我听见这样的声音。我睁开眼睛，看见杰克把我抱起来，把我的脑袋靠在他的膝盖上。他蹲在我的身旁，嘴里含着白兰地，喂我喝下去。我的脑子一片混乱，杰克怎么会把我抱起来？这是在什么地方？我一时无法判断。'喂，迪克，你醒过来了吗？你只是后背砸了一下，别的哪里都没有受伤。好了，你使点劲站起来。对，那儿有一把阳伞，你拿着它当拐杖走几步试试看。你必须赶快离开这里，立即逃离这里！别磨磨蹭蹭，不然会被烧死。现在整个横滨就是一片火海。'——就在我听他说话的时候，衣柜朝着我这一边倒下来，这时我才意识到，原来自己还在卡廷卡的寝室里，自己刚才是被衣柜压在底下，但不知道杰克为什么会在这里。'杰克……'我问道，'你什么时候、怎么到这儿来的？''发生地震的时候，我刚好走在下面的山坡上，所以不顾一切地直奔上来，是想来救卡廷卡的。''卡廷卡没事吧？她没受伤吧？'我这么一问，杰克突然疯狂地大笑起来：'没事。你看，卡廷卡在那边。'

"我的脑袋还有轻微的晕乎，定住眼神看着杰克所指的方向，映入眼帘是仿佛被巨人的脚步踩踏得乱七八糟、一塌糊涂的室内，逐渐明白这一场地震呈现出何等惨烈的破坏力。因为刚才还在沉湎于爱恋欢乐的房间瞬间就化为废墟，早已不再具备'房间'的形状了。大房间与寝室之间的那堵墙，在烟囱崩塌的地方出现一个大窟窿，窟窿里面砖头堆积如山，钢琴从角落滑到房间中间，倒在地上。地板不仅严重倾斜，到处都有开裂、翘起，撕开一道大口。墙壁上的画框、所有的架子，都不在原先的位置上，陶瓷器、玻璃杯、酒瓶散乱一地，椅子、桌子、化妆台，一切站立的东西，全都翻个倒了过来。刚才我说感觉床铺顺着地板滑落下去，也并不是毫无道理。因为现在看上去，床铺顺着斜面向相反的墙壁方向滑落，就像表现派戏剧的舞台装置那样东倒西歪。

　　"而卡廷卡靠在床铺的柱子上，像一根木棍直挺挺的，脸色煞白，表情恐怖——她的眼珠也和脸色一样苍白——一眨不眨死死地盯着我。我立刻发现，以为她只是站在那里，其实那是我的视角错误。准确地说，她是反手捆绑在柱子上的，而且双脚也被残忍地捆绑起来。'喂，卡廷卡，怎么回事？'我虽然问她，但是大概由于绳子勒在手里难以忍受的屈辱，或者由于逼在眼前的危险，她几乎处在意识不清的状态，毫无表情地睁开那一双比语言更有力量的深邃的眼珠。'杰克，你怎么回事？你不是说要救卡廷卡吗？'我发疯似的对杰克大叫起来，忘记了身上关节的疼痛，使劲站起来。'别急，迪克，不要这样大吵大闹。我现在已经决定不救这个女人了。'杰克一边紧紧扶着还站立不稳的我，一边说道，'噢，你好好听着，我把她绑起来，准备烧死她。不过，不止是烧死她一个人，我也在这里和她一起烧死。好了，迪克，你什么也别说，赶快逃走吧。'我甩掉杰克的手，嘲笑道：'我把绳子解开。不管你怎么阻拦，我一定要救她。'杰克依然紧紧抱着我，把嘴贴在我的耳边，语调平静地劝诫我：'别说傻话！迪克，你这条命不是我刚才把你救出来的吗？不论你怎么反抗，你都赢不了我。如果你非要这么干的话，那连你也一起烧死。火都已经烧到那里了。你瞧，你看窗外，四面八方都是烈火，浓烟滚滚，这火焰很快就会烧进来的。你完全没必要为这个女人而死。我不想把你牵连进来，才这样忠告你。怎么样？你还是听我的话吧。''杰克，你很卑鄙。因为你在爱恋上失败了，所以你就要杀死这个女人……'我疯狂地吼叫起来。杰克把我拽到窗边，猛力按住我的脖子，使我无法动弹。'我死之前，有几句话要告诉你：你刚才昏迷过去的时候，你知道这个女人都干了些什么吗？这个女人对你根本是见死不救，她把许许多多金光耀眼的项链宝石统统挂在身上，正准备逃出来。正在这时候，我刚好跑进来。要不是我把衣柜挪开，卡廷卡就看着你死去，也不会来救你的。迪克，对这种女人，什么输啊赢啊，根本不值一提。你我都被她骗了。但是，我——因为她——我贻误终生，干了坏事，已经无法在这个世上活下去了。我和她约定一起逃到国外去，这就是我迷恋上如此薄情寡义的女人的因果报应，所以我已经死了这条心，决定带着她一起去死。你不值得为这么一个对自己坐视不救的女人去死。好了，我们还是恢复原先那样的友谊，握个手吧，回归纯洁的友谊，然后你老老实实地离开。我没见到鲍勃，感到遗憾，以后你把我的这句话转告给他。'——杰克气势汹汹，仿佛只要我说一句'不愿意'，他就会不管不顾地把我推到窗外。可是，我怎么能舍得放下这个比我的生命还要重要的女人而逃跑呢？这个对我见死不救的女人，肯定对我、对杰克、对鲍勃都做过结婚的承诺。想到这一点，觉得这个女人的确可恨，可是，我也和杰克一样，这就是对这个女人痴迷溺爱的因果报应。'杰克，我理解你的一片好心。但是，我和这个女人也有一个约定，我也有为这个女人舍命的权利。'我说道，'如果我现在离开这里，就意味着我是恋爱的失败者。倘若如此，我作为一个男人不愿意承认这种失败。如果你念及我们过去的友情，那我们就亲密地一同赴死吧。我不会阻止你的决心，但是我也不会后退一步。而且，现在想逃，也为时已晚。'——我说了这一番话以后，我们都陷入长久的沉重的沉默。杰克的眼睛放射出残忍凶恶、妒火中烧的火焰，恶狠狠地盯着我的脸，但是，他放开按住我脖子的手，满心愤恨地站起来，在倾斜的地板上高一脚低一脚地来回走动。

"窗外靠近屋檐的地方已经烟雾弥蒙，住在这座公共住宅里的人，要不全死了，要不全逃了，走廊上一个人影都没有。远处传来东西爆炸的声音、木材噼里啪啦燃烧掉落的声音、人们呼天抢地痛苦惨叫的声音，这一切都更加深了这个房间里异样的沉默。一会儿，杰克似乎克制住了烈焰燃烧般的嫉妒心理，走到我的面前，停下来，伸出手，声音悲壮地说道：'迪克，逼你离开这里是我的不对。正如你所说的那样，逃跑也为时已晚。你我在这场恋爱的角逐中不分胜负。好，现在我们重归于好吧。那么，我们给卡廷卡最后一吻吧。'他久久地紧握我的手，然后大步走到被反绑双手的卡廷卡面前：'卡廷卡，我本想现在就解开你的绳子，可是那样的话，你肯定会拼命挣扎的。等到烈火烧到这房间里的时候，等到烟雾弥漫到这房间里的时候，我再给你解开绳子。虽然我也不忍心，不过你还是死了这条心吧。刚才我们说的话你都听见了，迪克和我陪着你一起死。被两个男人爱到如此程度，也至少算是你在这世上的一种安慰吧。'

"卡廷卡苍白的脸颊露出恶毒的微笑，她的嘴唇似乎微动一下，杰克像是安慰女神的怒气，祈祷一样跪倒在偶像的脚下，就在这时，她凝视着即将到来的死亡，耸了耸肩膀，似乎进行最后的抵抗，以极其庄重的口气，说道：'杰克，你们两个和我一起死去，也许鲍勃以后会怨恨你们的。把鲍勃带到这里来吧。''嗯，我也觉得见不到鲍勃很遗憾。可是，这已经没办法了。''不，不是没办法。现在你们马上就能把鲍勃带来。'——听到这不知所云的谜一般的话，杰克看了我一眼，又满怀同情地看着卡廷卡的脸：'卡廷卡，你疯了。真够可怜的。——我们从哪里把鲍勃带来啊？''不是我疯了，如此惨无人道地折腾我，难道不是你们疯了吗？鲍勃就在我的脚下，就在我站立的地板底下……'她的声音冷酷无情，厚颜无耻，令人毛骨悚然，'鲍勃就压在楼下的房间里，要是他活着的话，大概会来救我的，但是，也许他死在你们之前了。——好了，杰克，你赶快把地板掀开，把鲍勃带到这儿，带到我的跟前来。我要给这个最先死去的可怜的男人送上一个吻。'——她这么一说，我们才意识到原来房间全部坍塌，二楼掉落下来，压在原先的一楼上面。卡廷卡莫不是想把杰克支使到楼下去，然后说服我把她放走吗？杰克也有同样的怀疑，所以对她刚才出乎我们意料的话犹豫不决。'杰克，我死之前，告诉你吧。'卡廷卡恬不知耻地嘲笑道，'你还不知道我是怎么欺骗你的吧？为什么鲍勃会在楼下呢？其实，为了玩弄你们三个人，我在楼下还租了一间房间。'

　　"对于女人大胆的坦白，其实我们过去也曾有过怀疑，但现在从她的嘴里得到证实，让我和杰克真可以说佩服得五体投地。杰克紧握双拳，铁青着脸，双手颤抖，似乎要狠狠揍她一拳，但是，他没有这样做，对我说道：'迪克，把这女人交给你了。不许把她的绳子解开。'然后掀开地板的大洞，钻到下面去了。这时，一股强烈的旋风裹着火星从窗户旋转进来，飞落在她的脸上头上，猩红的头发被旋风摆弄翻卷，变成真正赤红的火焰，卡廷卡像一尊被反绑的雕像。——有谁亲眼见过这世上如此恐惧如此美丽的景象呢？

"'迪克，迪克，趁着现在这个时候——'卡廷卡在烟雾之中鼓励我，'——你尽最大的力量带着我逃出去！要是杰克来了，你用手枪打死他！'我一听到手枪这两个字，不由自主地大吃一惊，脱口问道：'手枪在哪里？''在化妆台的抽屉里。'我就像着了魔一样，在某种难以抵抗的力量的驱使下，匍匐在浓烟的底部爬过去，终于拿到手枪。就在这时，杰克从地板下面爬上来，他的背上是鲍勃已经冰冷的尸体，鲍勃的耳根已被打碎，有一道黑血流淌到脸颊上。

"啊，接下来发生的事情我至今还感到后怕。我对杰克说道：'杰克，你我还是敌人。我们决斗吧！要是我赢了，我就解开卡廷卡的绳子，冲出火海逃命。'杰克回应道：'好，让我先射。'说罢，杰克拿过手枪，我以为他会瞄准我，没想到他突然把枪口对着卡廷卡，接连乱射一通。我膝盖上的子弹，就是我准备挡住她的身体的时候被击中的。

"您问我怎么从那里逃出来的，杰克在打死卡廷卡以后，一边叫喊'我赢了'，一边朝自己的胸膛射击，倒地而死。四个人中只有我一个人活下来，我忽然贪生怕死，拿起地上的小刀割下卡廷卡的一绺头发，然后放在贴身里兜，拖着受伤的腿一瘸一拐地从火海中钻出来。可以说，我竟然平安无事地逃出来，也算是一个奇迹。"

迪克说罢，把手伸进上衣里兜，掏出一个四方形的信封，打开封口，一绺头发落在手掌上，说道："我现在还珍惜地保存着这一绺头发。您看，这美得如绢丝一般的红发。"

我看着迪克手上的头发，那火红仿佛还映照着当时烈焰的颜色。我突然感觉全身发冷，急忙弯身在火盆上面。

图书在版编目（CIP）数据

少将滋干之母 /（日）谷崎润一郎著；郑民钦译. —北京：现代出版社，2021.3

ISBN 978-7-5143-8957-9

Ⅰ. ①少…　Ⅱ. ①谷…　②郑…　Ⅲ. ①中篇小说—小说集—日本—现代 ②短篇小说—小说集—日本—现代　Ⅳ. ①I313.45

中国版本图书馆CIP数据核字（2020）第229952号

少将滋干之母

作　　者：[日]谷崎润一郎
译　　者：郑民钦
责任编辑：曾雪梅　朱文婷
出版发行：现代出版社
通讯地址：北京市安定门外安华里504号
邮政编码：100011
电　　话：010-64267325　64245264（传真）
网　　址：www.1980xd.com
电子邮箱：xiandai@vip.sina.com
印　　刷：三河市南阳印刷有限公司

字　　数：125千字
开　　本：880mm×1230mm　1/32
印　　张：7.25
版　　次：2021年3月第1版
印　　次：2021年3月第1次印刷
书　　号：ISBN 978-7-5143-8957-9
定　　价：49.80元